実話コレクション

厭怪談

小田イ輔 著

竹書房文庫

目次

階段と傷痕

Nさんという三十代の男性から伺った話である。


彼はその日、残業でいつもより大分帰りが遅くなっていた。

仕事を手伝ってくれていた同僚と一緒に、帰り支度を始めたのが二十二時。

正面玄関は既に施錠されており、裏口から会社を出る。

「裏口は会社の三階にあって非常口を兼ねたものだったから、階段を下りなくちゃならないんだ」

一階ごとに折り返しのあるコンクリート製の階段を、二人で下りていく。

申し訳程度に明かりが点いているが、足元は薄暗い。

気を付けないと踏み外してしまいそうになるため、一歩一歩慎重に進む。

二階から一階へ差し掛かり、そろそろ地面にたどり着くぞという頃。

自分の足元を見ていたNさんは、顔を上げると同時に気付いた。

目の前の同僚の〝位置がおかしい〟。

こいつ、こんなに背が高かったっけ？

二段か三段先を進んでいる同僚の頭が、Nさんの目線の高さにある。


「いや、普通に歩いているからさ、その時まで気付かなかったんだけど」

同僚は浮いていた。

階段よりも五十センチメートルは高い位置に足元がある。

何もないはずの虚空を、まるで階段があるかのように下って行くが……。

「階段の天井があるからね、このまま行くとぶつかるぞと」

思いがけない状況であり過ぎたせいか、至極冷静にそう思ったそうだ。

階段と平行に、斜めに走る天井。

同僚は気付かない様子。

「おい」声をかけると「どうした？」同僚が振り向く。

「お前、何それ?」

「あ?」

Nさんが指さす方向、同僚は自分の足元を見た。

「あ? え?」

そのまま、バランスが取れなくなったように前のめりで階段を転げ落ちていく。

「物凄く勢いがあったように見えた。〝急に重力がかかりました〟みたいに」

呻《うめ》いている同僚に駆け寄ると、右の顎《あご》の辺りがザックリと切れている。

血が溢《あふ》れ出しており、素人の手当てではどうしようもないのは明白だった。

自分で触ってそれを確認しながら、彼が言った。

「くっそ、またここを怪我したよ」

彼の顎にはもともと大きな傷痕がある。

何度も同じ所を怪我しているうちに、火傷《やけど》でも負ったかのようなケロイド状の痕となったのだという。

「おい、大丈夫か?」と問うNさんに「見えた?」と同僚。

「何が?」

「いや、何か見えた?」

何か見えたかと問われても、何か見えたわけではない。

ただ、お前が浮いているのは見た。

「お前、今浮いてたぞ」

「ああ、気のせいだろ」

そう言うと、同僚はハンカチで傷口を押さえながら立ち上がった。

「病院行ってくるわ」


Nさんは言う。

「何かさ、こんがらがった話で悪いんだけども、先《ま》ず奴が〝浮いてた〟っていうのが不思議だろ? それで同じ所を何回も怪我してるっていうのも不思議って言えば不思議」

同意の頷《うなず》きを返す私に、Nさんが続ける。

「でも一番不思議っつーか怖いのは、奴が〝浮いていたこと〟よりも〝同じ所を怪我したこと〟を気にしていたことなんだよな。俺が指さした時に自分で見て驚いてたんだから、

〝浮いてたこと〟自体はアイツ絶対に自覚してたはずなのに」

後日、疑問を同僚にぶつけると「蒸し返すなや」と取り付く島もなかった。

「多分、ああいう妙なことを何回も経験してるんだろうな。だけど奴がそんな態度である以上、会社の他の人間に言ったところで俺が馬鹿だと思われるだけだしさ……」

同僚の彼は、つい先日も同じ所を怪我したそうだ。

こんにちは

御年九十歳になるIさんから伺ったお話である。

彼は当時、里山に囲まれた内陸部の山村で農業を営んでいたという。

「何時《いつ》の頃だったがハッキリは覚えでねぇげどよ、まだ三十前だったんでねえがな」

農作業の合間に、自宅で昼寝をしていると「こんにちは」という声が聞こえた。

「綺麗《きれい》な声でよ、どごの娘がど思って表に回ってみだげども誰もいねんだ」

隣家とはそれなりに距離があるので、近所の家へのおとないを勘違いで聞いたということは考えられない。

「不思議だなど思ってよ、んでも誰もいねえんならしょうねえ」

その日はそのまま、もう一度横になった。

あくる日、日差しが強い午後。

Iさんが自宅で、いつもの昼寝をしていると、再び「こんにちは」という声が聞こえる。縁側から玄関付近の様子を伺うが、人のいる気配はない。

その日以降も、たびたび白昼の「こんにちは」が聞こえ、そのたびに昼寝を邪魔されるIさんは迷惑していた。

「おがしいべっちゃや？　人の声すんのに誰もいねえんだもの。だがら俺《おら》ぁ、たぬぎだのきづねだのの仕業だべど思ってだ」

声はちょうど家族が家を出払っていて、Iさんが一人で居るときに限って聞こえてきた。

「完全にバガにされでんなど」

それから暫《しばら》くの間は、声が聞こえても無視していたそうだ。

「〝こんにちは〟って聞こえでも『ああ、まだ来やがった』ど思ってかまねでおいだのよ、表さ顔もださねえで、寝っころがったまま」

やがて、声の主は無視を続けるIさんに向け〝こんにちは〟を複数回連呼するようになった。

「何回も何回も〝こんにちはコンニチハ〟って語っからよ、腹に据えかねで表さ立って怒《ど》鳴《な》りづけだんだわ」


「クソやがますねえ！　どごのガギだ！」

怒りに任せて叫びながら縁側に出てみると、目の前に鹿《しか》が一頭立っている。

大きさからみて、どうやら子鹿のようだった。

「俺の姿見でもびぐっともしねえ、澄ました顔で立ってやがる」

子鹿はじっとＩさんを見つめ、その場から動こうとしない。

「こんなもんを慣らすどよ、畑さどんな悪さすっか分がんねえがら俺も一生懸命ボッたのよ」

軒先に掛けてあった大振りの鉈を手に取り、今にも殴りかからんばかりの勢いで子鹿に脅しをかけるが、相手は微動だにしなかった。

「子っこであっても山の獣だがらよ、蹴っ飛ばされでもしたらただで済まねえもんでは、鉈《なた》持って身構えながらこう、迫っていったのよな」

殺気立ったＩさんを眼前に、それでも子鹿は澄ました様子。

「こんにちは」

目の前の鹿が、喋った。

「そうがなど思ってはいだげんとも、目の前で喋られっと気味悪くてな、こりゃ化け物だど思って」

子鹿の脳天めがけ鉈を振り下ろした。

「頭ふっちゃぶげでよ、一発でその場に崩れだな」

「え？　殺したんですか？」

「殺したよ、殺して食ったよ」

「食った？」

「食うさ。せっかぐだもの」

「おお…… ワイルドですね」

少しだけＩさんを茶化すような物言いになってしまったのが気に障《さわ》ったのか、彼は私を睨《にら》み付けるように見て、言った。

「いいが？　俺ら里の者が山に入っ時はよ、何があっても死なねえように様々手立て考えだり、準備したりしてがら入るわげ、そんでも死ぬ時は死ぬんだ、それはしょうねえごと、相手は山だもの、わがって入ってだんだもの。だがらよ、逆に山の者が里に何の準備もねぐ入って来っ時は、こっちも情げかげねえのよ、何が間違ってアイツ等に甘ぐみられだら、この辺になんて住んでられねえよ。これな、今でもそうだがらな」

一瞬だけ、二人の間の空気が固まった。

これは良くないと思い、反論を試みる。

「あ、でもですね、その子鹿も子鹿なりに準備してたんじゃないですかね？　言葉喋ってきたわけですし……」

何事かを考えるようにした後、Iさんはニヤリとして、言った。

「ふふっ、そうだったら鹿に悪《わ》りごどしたな、ふふふっ、お前《め》ぇも面白《おもしれ》ぇごど語る」


鹿は美味かったそうだ。

おつり

Eさんは四十代の半ばの男性。

自分には〝ちょっと特殊な性質〟があるのだと教えてくれた。

「昔から、買い物をすると何故かお釣りが多く貰えるんだ。流石《さすが》に毎回毎回ってわけではないけど、十回買い物すればその内の四回はそうなる。買ったものの値段によって、小銭の時もあれば、千円札が何枚もっていう時もあるよ」

子供の頃は、使う額も小さいので必然お釣りも少なく、駄菓子を一個か二個買える程度のものだったが、大人になって大きな買い物をした後など、騙されているのではないかと怯える程の額が戻ってきたこともあるそうだ。

「目の前でお釣りの金額を数えてもらって、俺もそれを確認してから封筒に入れてもらったハズなのに、家に戻って数え直すと紙幣の枚数がまるっきり違ってたなんてこともあったよ、その時は流石に気が咎《とが》めてお店に行って払い直したけどね」

そのように払い直せる分にはいいのだという。

「似たような場合で払い直して帰ってきた後、念のためにもう一度数えたらまだ多いなんていうパターンもあってね、だから今では数千円違っても返しに行くことは殆どない」

お釣りが合わないからと何度も店に行ってしまうと、逆に迷惑がられたり、不審な目で見られることがあるらしい。

「一回や二回ならまだしも、十回に四回がそんな具合で四十年以上生きて来たからね、もうそういう星の元に生まれてきたんだろうなって」

一年あたりの平均で換算すると、二、三十万円程の金額が余計に返ってくる。

本来自分の手元に残るべきではなかったお金がである。

「俺ね、物持ちが悪いんだよ。買ったものは新品であってもすぐに壊れちゃったり、どこかに失くしたりね。ボールペンなんかこれまで一度も最後まで使い切ったことないしさ。だから、使えなかった分のお金が先に返ってきているのかな、なんて都合よく解釈して」

お金に関わる問題であり倫理観や道徳観念を問われかねない話であるため、自分自身のこういった特性に関して、これまで親にすら語ったことはないと彼は言う。

そうであれば、何故今回私にだけ話してくれたのか？　疑問に思い訊いてみる。
「いや、ちょっと相談に乗って欲しいっていうかね、そういう妙な話に詳しいってことだったから」

詳しいというよりも、蒐集癖《しゅうしゅうへき》があるというだけであり〝妙なこと〟への対処法などを知っているわけではないと断りを入れると「それでもいいから聞くだけ聞いてほしい」とのこと。

もちろん、断る理由はない。

今年の正月。
Eさんは近所の神社へ初詣に出かけた。
近隣の住民だけが参拝に訪れるような小さな神社であり、お参りに際して列に並ぶようなこともない。

さい銭箱に千円札を投入し鈴を鳴らしたところ、頭に何かが落ちて来た。

なんだろう？　と思い足元に目を向けると五百円玉が転がっている。

「誰かが後ろから投げ入れようとしたのが当たったのかなと思って」

後ろを振り返ってみるがそれらしき人はいない。

そのままにしてもおけず、拾い上げた五百円玉をさい銭箱に放ると、再び鈴を鳴らした。

またもや、頭に何かが落ちてくる。

五百円玉だった。

「あれ？　これっていつもの〝お釣り〟かなって」

境内は閑散としており、やはりEさんの後ろに並ぶ人はいない。

彼はそれを拾うと、ポケットにしまった。

「さい銭が戻って来るなんて経験はこれまで無かったから半信半疑ではあったんだけど、何となく縁起が良いような気がしてね、神様からの授かりものだっていう気持ちで持って帰ってきちゃったんだ……でもよく考えてみたら……」


Eさんが神妙な顔で言う。

「例えばの話だけどね。仮に八十円のボールペンを買うとして、俺は店に百円を出すじゃない？　本来お釣りとして戻って来る金額はこの場合二十円。だけれど俺には四十円戻って来たりする、ここまでオッケー？」

私が頷くと、彼は続けた。

「その場合、俺は八十円のものを六十円で購入したことになるよね？　でも俺は物持ちが悪いから、買ったものを直ぐに壊したり失くしたりする。結果的に六十円分しか使っていないことになっているんじゃないか、だったら別にいいかって、自分本位に考えてそういう理解をしているわけ、オッケー？」

更に頷く。

「それでだ、この解釈で行くと神社のお参りで〝お釣り〟が来るってどういうことだと思う？　仮にあれがお釣りだったとして」

「俺はあの時ね、今年も健康で無事に過ごせますようにって、千円入れてお願いしたんだ、神様に。そうしたら五百円のお釣りがきたってことなんだよね、いつもの解釈で言うと」

思いもよらぬ方向に急カーブした話に面喰らい、返答に窮している私を見ながら、Eさんがポケットをまさぐる。

「半年しかないってことなんじゃないかな？　どう思う？」

目の前に五百円玉が置かれた。

「これ、お釣りだけど、いる？　好きなんだよね？　こういうの」

今、目の前にその五百円玉がある。

エロ本レーダー

Ｅ君の高校の同級生にＵという男がいた。

この男には妙な特技があったという。

「どっかしら、どこにいっても必ずエロ本を見つけるんですよ、落ちてるやつ」

彼らが所属していた美術部の部室には、Ｕが拾ってきたエロ本専用の棚まである始末。

「馬鹿みたいな才能って本当にあるんだなって、アイツ見てて思いました」


近隣の高校が集まって開催される美術展の日。

十一月の寒空の下、Ｅ君とＵ、他数名は暇を持て余していた。

「郊外にある美術館でやるんですけど、各校持ち回りで受付係をしなくちゃならないんですよ。そんでその係も時間で交代になるんで、交代した後にすることがないんです」

学校に戻ればいいのだが、戻れば授業を受けなくてはならない。

せっかく公休として届け出が受理されている以上、それは避けたかった。

近くには雑木林と駐車場しかない。

「Uが居ましたから、自然とエロ本でも探すかっていう話になって」


男子高校生が五名、連れ立って雑木林の中に入った。

Uは既に何かを感じているようで、殆ど迷うことなくどんどん林の中を進んで行く。

E君たちはその後ろについていて、周囲を見回しながら進んだ。

「こんな所にエロ本なんて落ちてんのかなって思いつつも、もしUよりも先に見つけたら俺らの間では手柄だったんで」

雑木林は思ったよりも藪《やぶ》が深く、進めない程ではないにしろ鬱陶《うっとう》しい程度には進行が妨害される。

「ちょっとした雑木林っていうんではなくって、それなりに広い林なんですよ」

藪を掻き分けすり抜け進んで行くと、Uが立ち止まってE君たちを見ている。

彼の足元には、両手で抱えられる程の大きさのダンボールが一つ。

「何これ？　エロ本？」

Ｅ君が問うと、Ｕが首を傾げて言った。

「多分、エロ本だと思うんだけど……」

既に、他の何名かがダンボールに手をかけている。

無造作に開けたその中には、どう考えても盗んできたと思われる体操服や女性用の下着などが詰まっていた。

「いや、すげぇなぁって思いましたよ。エロ本のみならずこんなもんまで見つけんのかって」

しかし、汎用性《はんよう》の高いエロ本と違って、その時の収穫はあまりにもニッチすぎた。

「どう考えてもヤバい人がヤバいテンションでここに保管してるんだろうなって感じだったんで、見なかったことにしました」

雑木林を出ると、Ｅ君はＵに訊ねた。

「お前さ、なんであんなのわかんの？　普通じゃないだろ」

これまではエロ本にだけ反応するものだとばかり思っていたが、今日の内容を見る限りそうではないようだ。

だとすれば、Uの能力は一体何なのか。単なるエロ本レーダーでないのだとすれば、何をキャッチするレーダーなのか。

「Uの話だと、今回もいつもと同じように〝エロそうな方向〟に進んでみただけで、結果的にアレがあっただけだって」

普通の雑木林に〝エロそうな方向〟なるものがあるのかどうか、そもそも常人には判断できない話である。しかしUの弁では街中《まちなか》であろうが河川敷であろうが、そこにエロ本が落ちているのであれば、必ずその場所にはエロい雰囲気が漂っているのだという。

「だから考えたんですよね、多分エロ本そのものっていうよりは、そのエロ本を捨てた人間の残留思念みたいなものをUは嗅ぎ分けているんじゃないかって」

そうであれば、今回の件も説明がつく。

「土台、エロ本を見つけるだけのくだらない才能だって、こっちも冗談半分でネタにしてたんです」

美術展二日目。

この日も、彼らは雑木林に入った。

「昨日と違う方向に行ってみようぜってことになったんです」

しかしやはり、Uは迷うことなく一定の方向に向かって進んで行く。

意味もなく頼もしさを感じていたE君だったが、雑木林を歩き出して間もなく硬直した。

Uが立ち止まり目線を送る先に、人間がぶら下がっている。

首つり死体だった。

「シャレにならなかったですよ、どうすんのって」

昨日のように見て見ぬフリはできない。

かと言って、こういう場合の対処法など知る由もない。

そこに居た全員が足を止め、黙った。

「金縛りっていうのではないですけど、体に電気が走ったみたいになって首筋とか痛かったです。しばらくビリビリしてたのを覚えてますね」

先頭にいたUが振り向くと、皆を押し戻すような仕草をした。

喋ろうとしても喋れないんだなとE君は思ったそうだ。そして彼もまた同様であった。

全員が押し黙ってソロソロと雑木林を出る。

美術館内に居た他校の教師に状況を伝えると、直ぐに警察を呼んでくれたという。

「風景画のスケッチをしようと思って雑木林に入ったって言いました、まさかエロ本を捜しに入ったなんて言えないですから」

五人全員がそれぞれパトカーの中で事情聴取を受けた後に解放された。

「それでUですよ、何でアイツはワザワザ首つりの方向に進んで行ったのか、もちろんたまたまだって言えばそれまでなんですけど、訊いたんです。そしたら――」

――あのオッサンが、多分死ぬ前にエロいことを考えてたんだと思う。

Uのその一言で、やっと五人の緊張が解けた。

「なんだコイツこの局面でギャグかよって思ってたんですけど」

しかしそれ以来、Uはぱったりとエロ本を拾うことを止めてしまった。

「多分、俺の推測は当たってたんだと思うんです」

その場の、残留思念を嗅ぎ分ける力。

「それまでは単なるエロ本レーダーだと思ってたんです、Uも俺らも。でもそれがどうも違うらしいぞと、気付いたんでしょうねU本人が」

E君には思うところがあるという。

「霊能者の人とかの話で、街中に幽霊が居るのが見えてても、目を合わせないっていうのがあるじゃないですか？　Uがエロ本に気付いてもそれを無視するっていうのは、似ているなって思うんですよ、だからアイツは多分、霊能者とかその類なんじゃないですかね」

ラストチャンス

Y君の中学時代の同級生に、Kさんという女の子が居た。

彼女は友達がおらず、クラス中どころか学校中の人間から疎《うと》まれ、蔑《さげす》まれていた。

誰も彼女とは喋らず、彼女もまた誰とも喋らない。

Y君は言う。

「臭かったんだ」

いかにもありがちな、特に体臭などない人間に対して侮蔑の意味で言う〝臭い〟ではなく、実際に臭かったのだそうだ。

「魚の腐ったような、饐《す》えた臭いが常時漂っていて、隣の席になりでもしたら気分が悪くなるような、そんな臭いだった」

クラスメイトから徹底的な無視を受け、席を立っただけで嘲笑され、時に暴力を振るわれる彼女に、教師ですら救いの手を伸ばさなかった。

「先生たちにも嫌われていたっていうか、呆れられていたような印象はあったな」

恐らく、何らかの生活指導のようなものは行われていたはずだとY君は言う。

「大本は臭いに対する嫌悪が始まりなんだけれど、見た目も不潔だったからね。そこだけでも何とかなれば、あるいは周囲も違った反応をしていたのかも知れない」

かく言うY君も、彼女に暴力を振るったことがあった。

「クラス内の流行っていうか、彼女を突然叩くっていうのがギャグとして受けた時期があったんだよ」

何人かの同級生が喋っている後ろを、Kさんが通る。

その瞬間に、言葉も交わさず目も合わさず、ただ通り過ぎようとしている彼女の体を叩いて、何事も無かったかのように振る舞う。

周囲の人間も、その行動に何の反応も示さない。

「笑ったらアウト。それ以外にその行動を注視するような素振りを見せてもダメ。ただ普通のことのようにそれをする」

Kさんもまた、何の反応も示さなかった。

「聞いた話だと、小学校の頃からそんな扱いを受けていたみたいでね、彼女自身、悲しいとか辛いとか、そういう感情をわざわざ表に出さないようになっていたんだろう」

Y君は、ただ歩いているだけのKさんの頭を、上履きで叩いた。

「パコッて。周囲の友達がそれを見て笑いをかみ殺している様が面白かった。自分でやったことながら、酷《ひど》い話だな」

彼だけではなく、同級生の全員が、男子も女子も全てが、彼女を一回は叩いたことがあったと思う、そう彼は言った。

一度始まったその〝流れ〟は当然の如《ごと》くエスカレートする。

終いには〝助走をつけての跳び蹴り〟をいかに〝それとなく決める〟かが、競われるようになった。

「彼女が教室を出ようとするタイミングで、窓際から助走をつけて背中に跳び蹴りを入れる。そうすると彼女は廊下に吹っ飛ばされる。転倒したのを確認してから〝教室の扉を閉める係〟が戸を閉めて、そこまでが一幕」

扉が閉まると同時に、教室全体が笑いの渦に包まれた。

「どうして、あんな酷いことができたんだろう、最低だよな」

結果的に、彼女への暴力は、彼女が酷い怪我をしたことで収まった。

「跳び蹴りをくらって転んだ先に、何か尖ったものがあったようで、手首の辺りをザックリ切ってね、たくさん血が出た」

静まり返る教室。

しかし、血を流し、震えながら傷を押さえる彼女を誰も助けようとしない。

「大事《おおごと》になるかと思ったんだけど、彼女は何も言わなかったようだ。一人で保健室に行って、その日は早退して……それで終わった」

学校側が、あるいは彼女の親が、どういう風にそれを捉えたのかはわからない、ただ、彼女が怪我をしたことについて、同級生たちが原因や理由を問われることは無かった。

その日を境に暴力は止んだが、Kさんへの無視と嘲笑の日々は続く。

「卒業式まで、ずっと同じ調子だったよ」

別学区の高校に進学したY君は、その後の彼女がどうなったのか全く知らなかった。

彼女の訃報が届いたのは、それから十年後。

「どうやら自殺だったみたいだ」

名目上は、心不全による突然死ということになっていたそうだ。

「成人式の時に、中学時代の同級生、クラス委員なんかが集まって名簿を作ってたんだな。同窓会費なんかも集めててさ、Kもそれには金を収めてたようでね、通夜の際に香典を出すことになったんだけど……」

だれも、その通夜に行きたがらない。

「まぁ当然だよ。当時自分たちが彼女にしてきたことを思えば、ノコノコ香典持って行こうなんて思う奴はいないだろう。自分が自殺の原因だったってのも有り得るんだから」

地元を離れていたY君にまで「通夜に行ってくれないか?」という電話がかかってきた。

「はじめは断ったけどね、その時に妙な話を聞いた」

電話を受けた元同級生たちの殆どが〝何となくそういう気がしていた〟と語ったという。

つまり、Kさんが亡くなったのであろうことを、何故か皆が感じていたのだ。

彼女が亡くなった日、あの〝臭い〟がしたと、皆が口々にそう言った。

Y君にも覚えがあった。

「出勤しようとして、靴を履こうと下駄箱開けたら例の臭いがしたんだ。うわって一瞬だけ、Kのことを思い出したけど、俺の場合は下駄箱からだったから気にしてなかった」


そのことを電話の主であるクラス委員に話すと、震えた声で彼が語りだした。

「俺この前、右の腕にポコッと何か〝できもの〟みたいなのがあることに気付いたんだ。目立つから病院で診察してもらったら『炎症が起きる前に取ってしまった方がいいですよ』って言われて……取ってもらうことにしたんだよな」

一時間程度の、簡単な手術で取れるとのことだったようだ。

「手術の日にさ、局所麻酔で切開してもらって。そしたら病院の先生が『昔、この部分の手術とか受けたことある?』って聞いてくるんだよ、そんな覚えないから『ないです』って言ったら、唸《うな》っちゃってさ、何だったと思う?」

クラス委員は、憔悴《しょうすい》しきっているような声で続けた。

「ガーゼが入ってた、腕の中に。そんで、そんでよ……臭いが……酷い臭い、魚の腐ったような、Kの臭い」

最早、涙声になっていた。

「手術室中が、ホントに酷い臭いで……何だよって思ってたら、アイツ死んだって……」

Y君は言葉も無かった。あの日、Kさんに跳び蹴りを見舞い、腕を負傷させた男こそ、このクラス委員だったからである。

そのまま電話口で黙ってしまった彼にY君は告げた。

「みんな、悪いことしたと思ってるだろ。止めときゃよかったって後悔してる。今更だけど、これが最後のチャンスってことなんじゃないか？　俺もお前も、他の奴らも、皆で香典上げに行こう、手を合わせて、謝って来よう」

通夜の当日、Y君は連絡のついた同級生たちと共に彼女の棺に向かい、手を合わせた。

頭の中で何度も謝罪の言葉を繰り返し、心から冥福を祈る。

帰省してまで参列したY君であったが、しかしそこにクラス委員の姿は無かった。

「流石にな、アイツがある意味でイジメの中心だったから、合わす顔がなかったんだろうって、皆で言い合ったよ」

更に月日が流れ、昨年のこと。

「同級会があったんだ」

皆は三十歳になっていた。

結婚をし、所帯を持っている人間も少なからずおり、落ち着いた雰囲気の中、一人だけ異質な空気をまとった人間が居た。

例のクラス委員である。

「何だかチンピラみたいになってた」

半そでのシャツから延びる腕には、所狭しと刺青が入っている。


酒がすすんで、ほろ酔い加減になっていたY君の隣に、いつの間にか彼がいた。

当たり障りの無い会話から、自然に腕の刺青の話になった。

「あそこまでの刺青を見たのは初めてだったから、面白がってたんだけど……」

クラス委員の、右手首の辺りが膨《ふく》れている。

そう言えば、その辺りだけ、やけに複雑な模様が彫られているなとY君は気がついた。

「お前これ、例の？」

そう訊いたY君を一瞥《いちべつ》し、彼が言った。

「手術の後、また膨れて来た。何度やっても、多分また膨れてくると思う」

酒に酔った顔で、彼は続けた。

「また、あの臭い嗅いだら、俺、狂っちゃうよぉ」

無理におどけたような口調だったが、目は座っていた。

手首周辺の刺青は、様々な宗教のシンボルのようなものがグチャグチャに入っている。

そのシンボルの間に『臭くない』『ごめんね』『Kちゃん』とあった。


こいつは多分、もう狂っている。

Y君はそう思ったという。

「本当に、あの葬儀が最後のチャンスだったんだろうな」

チャンスはもう二度と来ない。

ベル

Jさんは子供の頃、昼間に必ずベルの音が聞こえていたという。

「ベルって言ってもチリンチリンみたいなのじゃなくって、もっと大きなベルです」

日本のお寺にある一般的な鐘より、何倍も大きな音がしていた。

ゴゴーン　ゴゴーン
　　ゴゴーン　ゴゴーン

一つや二つではなく、無数のベルの音が空いっぱいに広がる。

何かを祝福でもするかのように、賑やかに力強く鳴り響いた。

ベルの音は、彼女が小学校五年生になる頃まで聞こえていたが、その後パッタリと聞こえなくなった。

現在彼女は十七歳、つい先日、友人にその話をしたが笑われてしまった。

「私が『そう言えば小さい頃さ、大きな音で昼にベルが鳴ってたよね』って話をしたんですけど、その娘《こ》は『はぁ？』って笑うんです」

あれだけ大きな音だったし、日本中どころか世界中の人間が同じ時間に同じ音を聞いていたとばかり思っていたと彼女は言う。

これまで当然のようにそう思っていたため、特に人に話すことも無かったと。

「多分母からだと思うんですけど、小っちゃい頃に『このベルの音が鳴っているうちは大丈夫だよ』って言われたのを覚えていて、最近は聞こえないから大丈夫じゃなくなったんじゃないかと急に心配になって、口に出したんです」

友人に笑われてしまったことよりも、自分以外は誰もあの音を聞いていなかったということがショックだった。

「それで、母に言ったんですよ同じことを」

母親も当然の如く、そんな音は知らないし聞いてなどいないと語った。

「だったら、私に『このベルが鳴ってるうちは～』って言ったのは一体どこの誰だったのか、そもそもあのベルの音はなんだったのか、こんがらがっちゃって」

常識的に考えてみれば、確かに有り得ないなと自分でも思っているという。

街の防災無線のサイレンやなんかとは明らかに違う音質で、本当に空高い所でベルが鳴らされているような響きを一体どうやって実現するのか、自分の持っている知識でいくら考えてみても答えが出ない。

しかし、確かにそれを聞いていた記憶がある。

「すごく幸せになれる音だったんです。色んな人間がこの音を聞いているんだなって想像しただけで嬉しくなれるような」

もしかしたら、と思っていることがあるそうだ。

「あるいは、皆あの音を聞いていたんじゃないかなって、それを忘れてしまっているだけなんじゃないかって、そう思うんです。きっとそのことが『大丈夫じゃない』っていうことに繋がって来るんじゃないかって」

きっと私の他にも、あのベルの音を覚えている人が居ると思います。

彼女は少し恥ずかしそうにそう言った。

原因

S先生は形成外科を専門とする医師である。

今から十年ほど前、彼が某地方都市の総合病院に勤めていた時の話。

近隣市町村をまたぐ中核病院であったため、重症度の高い患者が一日のうちに何人も搬送されて来る。

「場合によっては三次救急を受け入れていたから、多発外傷や心疾患に脳疾患、命に関わるような重篤な症状の患者も来るんだ」

その日は、当直担当医として病院に泊まり込んでいた。

「患者が運ばれて来れば、とりあえず専門は関係なく当直の医師が診察に当たらなければならないから、ある程度の覚悟は決めているものなんだ」

患者の状態を評価し、自宅待機している専門の医師を呼び出すことが妥当かどうかの判断を下すため、自分の専門外の症状であっても診察はしなければならない。

「脳疾患の患者が運ばれて来ても、当直医が必ずしも脳外科の専門医ではなかったりね、逆に切断指とか我々が専門にしている領域の患者さんが、僕の泊りの時に来てくれるとは限らない」


夜半過ぎに救急車で運ばれてきた患者は、まだ幼さの残る少女だった。

年上の彼氏とバイクに二人乗りをしていての単独事故。

彼氏の方は即死状態とのことで病院には搬送されて来ず、かろうじて息があった少女も、病院に搬送される直前に心肺停止状態となっていた。

「フルフェイスのヘルメットを被っていたらしく顔は綺麗なままだったんだけれど、体は酷い状態だった。でもこういう場合は心肺機能の維持が最優先だから、取りあえず傷は二の次で循環動態を回復させなくちゃならないんだ」

必死の救命措置も空しく、少女は帰らぬ人となった。

「若い女の子だったからってわけではなく、酷い外傷を負って亡くなった患者さんに対しては、死後にその傷を縫い合わせるんだよ」

その役に選ばれるのは傷を専門とする形成外科の医師である場合が多く、その夜、S先生は他の当直医に診療を任せると、亡くなった少女の遺体に残る傷を縫合した。

「霊安室でね、一人チクチクと縫っていくんだ。慣れっこではあったんだけど、やっぱり精神的には辛いものがあった」


朝、当直明け。

かといって家に帰れるわけでもなく、その日もまた連勤での診療が待っていた。

診察室に入りカルテに目を通していると、どうも体の調子がおかしい。

「両肩が重いんだよ。まあ前夜の状況を考えれば肩ぐらい凝るだろうって感じなんだけど、それにしても重すぎた。今まで経験したことが無いぐらいの重苦感」

それでも状況は待ってはくれず、次々に押し寄せる患者の波を右に左に捌《さば》きつつ、病棟の回診を始めた時だった。

「ある患者さんを診た後で、その部屋を出た瞬間にフッと肩が軽くなったんだ」

さっきまでの状態を思えば、それが急に楽になるなどということは医学的に考え難かった。

「でも実際に何ともなくなっていたんだ、肩が重苦しくって頭痛までしてきていたのにね」

何ともなしに〝昨日の女の子が憑いていたのかな〟と考えたという。

「そう考えれば、まぁ無念はあっただろうけれど傷も綺麗に縫合したし、僕がやれることは精一杯やったからさ、それを認めて成仏してくれたのかなって」


一日が終わり帰り支度をしていると、同僚の医師が話しかけてきた。

「昨日、大変だったんだって?」

例の死亡事故のことである。

「その事故さ、またあそこの直線道路だったんだってな」

近隣では有名な事故多発地帯。

「あそこさ、祟られるか何かしてるんじゃないか？　多過ぎだろ事故」

祟り?

「あんな見晴らしのいい直線道路で道幅もあるのに、何で事故が多発するんだろ?」

確かに交通量もさほど多くなく、夜であっても街灯が煌《きら》めく明るい道だ。

「祟りじゃなかったら、何かそういうのが居るんじゃねえのかな」

……何か？

「いや、その瞬間ゾクっとしたんだ。さっきまでのあの肩の重さ、あれってもしかして亡くなった女の子じゃなくって、その〝何か〟だったんじゃないかって」

事故現場である道路に巣食う何かが、少女の死を見届けるかのごとく憑いてきていて、それを見届けると同時にS先生の肩に乗り換え、そして——。

「昼間のさ、あの部屋の患者さんがどうなったのかは、言わないでおくよ」

S先生は、そう言って目を伏せた。

お化け三角

この話を提供してくれたM君は男子高校出身である。

幽霊部員が大半を占める美術部の部長として、三年間絵を描いていたそうだ。

「幾何学模様を描いて、その上にフリーハンドでババッと曲線を入れてっていうスタイルを三年間」

平面構成と抽象画を混ぜたような絵を、放課後の美術室で黙々と描き続けた。

「最悪でしたからね、男子校」

暴力を振るわれたとか苛《いじ》めにあったとか、そういうわけではなく、ただ単に馴染《なじ》めなかったのだと語る。

「住んでいた地区の中では進学校として機能していましたから。進学希望だったので他の高校に入るっていう選択肢なんて無かったんです」

入学して見れば、名ばかりの伝統と中身の無いカリキュラムに縛り付けられ、空虚な選別意識に満たされたどうしようもない空間がそこにあった。

「生徒も教師もそんなでしたよ」

何より、全く文化的な素地のない下品な連中が大きな顔をしているのが気に入らなかった。

「勝てた試しの無い野球部とかラグビー部とか、汗臭いだけの連中が偉そうにしてて」

そのような状況であるため、文化部に所属しているということは、ある種の負の烙印《スティグマ》を背負うことと同義だった。

「無線部とか写真部とか、そんな所はオタクのたまり場でしたから、美術部もそういうのと一緒に見られていたんです」

結果的に、五十人からなる登録者は居るものの殆どが幽霊部員で、美術部として活動をしているのはM君一人という状態。

「俺以外の人間にとっては、帰宅部と同じ意味だったんでしょうね」

本当は、高校生活に大きな希望を持っていた。

それまでの義務教育とは違い、扱いは子供であろうとも大人の目線で過ごせるような、そんな日々が訪れるのではないかという期待があった、と彼は回りくどくそのようなことを語ってくれた。

「我慢しかない三年間でした」

当時の彼にとって、唯一の心の慰めはキャンバスに向かい絵を描くことだった。

「うまい下手で言えば、下手な部類ですよ」

他人から感心されるような、体裁の整った綺麗な絵などは最初から描くつもりもなく、自分のためだけに絵筆を振るう。

「ストレスの発散以外の何物でもないですね、今考えると」

自身の鬱屈《うっくつ》した気持ちを込めて、黙々と描き続ける。

彼がモチーフとしていたものは三角形。

細かい三角形を、キャンバス一面に無数に書き込んだ。

「アクリル絵の具を使っていた時は烏口《からすぐち》を使って一回ずつ線を引きました。油絵具を使い始めてからは、マスキングテープとかを使って一回一回色を入れて……」

その一線一線、一回一回に思いを込めた。

「〝死ね〟って」

日々、数十と書き込まれる三角形。

それらすべてにその思いを宿らせていたと彼は言う。

「面と向かってそうは言えないですけど、生徒も教師も親も、自分自身の身の回りにいる全ての人間に向かって……当時はそう思っていたんですよ」

出来上がるのは、大小さまざまな大きさの三角形がひしめき合う絵である。

「その上から墨を垂らしたり、絵の具を殴りつけたり」

アンバランスな高校生の心情をそのまま投影したような、絵だったのだろう。

結局、一度たりと理解者を得ることもないまま、彼は高校を卒業した。

それまで描いていた絵は、そのまま美術室に残してきたそうだ。


それから二年後、M君が二十歳の時。

上京し一浪の末、彼は都内の美術大学へ進学していた。

「彼女が、出身高校を見たいって言い出したので……」

文化祭の日程に合わせて帰省したのだそうだ。

高校は、彼が卒業した後で男女共学校になっていた。

二つ年上の彼女と共に校門をくぐる。

「いや、完全に別な高校でしたね。女の子が居るだけでここまで変わるもんなのかって」

それぞれのクラスの出し物を眺め、美術室にも寄った。

「ちゃんとした部員の数も増えたようで賑わっていました」


理科室の前を通りかかると『お化け屋敷』の企画が行われていた。

入り口では、可愛らしくお化けのコスプレをした高校生が客引きをしている。

「彼女が入ろうっていうから、入ってみたんです」

窓には暗幕が張られ、薄暗くなっている。

おどろおどろしい音楽が流れ、生徒たちが制作したのであろう飾り物の中から〝お化け役〟が飛び出してくる。

他愛もない演出に苦笑いしながら進んで行くと、見覚えのあるものが目の前にあった。

「俺の絵です、ライトアップされて」

小さな三角形が無数に描かれた十号キャンバス。

彼が一番力を入れて描き込み、最後の県展に出品したものだった。

〝何で？〟と立ち止まったM君の目の前で、彼女が興味深そうに絵を眺めている。

すると突然顔色を変え、M君に向かって出口の方を指さして見せた。

促されるまま理科室を出ると、青い顔をしながら彼女が言う。

「あの絵を描いた人、多分死んでると思う……。見ているうちに『死ね死ね死ね』って耳元で呟かれたよ……」

涙目になっている彼女に対し「あの絵を描いたのは自分だ」と彼は告げた。

「驚いていましたね。だけど自分の高校時代の暗い思いを、絵を通して感じ取ってくれたことが嬉しくもありました」

妙な形ではあったが、孤独な高校時代の思いを救い上げて貰ったように感じたM君は、彼女に向かって言った。

「いつだって俺の絵を理解してくれているのは○○さんだけです」

「違うと思う。私以外の人間もあれを聞いているからお化け屋敷の出し物になってるんでしょ？」

言われてみればそうである、特に理由もなくお化け屋敷の素材にされるような絵ではない。

「あの絵の題名、見た？」

M君は見ていなかった。どこかの生徒が勝手に付けた題名だろうか？

「お化け三角って書いてあったよ」

ラフコリー

H君は幼い頃から犬と一緒に暮らしてきた。

「両親が犬好きだったので、僕もやっぱり犬好きに育ちました」

大学へ進学するために故郷を離れた彼が住んでいるのは学生用のアパート。

ペットの飼育は禁止されているため犬は飼えない。

「本当は飼いたいんですけど仕方ないですね」

その代わり、自分のアパートの近所でどんな犬が飼われているか全て把握しているのだと彼は語る。

「犬好きとしての習性みたいなものだと思います。どの家でどういう犬が飼われているのかってのを知らず知らずに覚えちゃうんですよね」

彼の通学ルートにも犬を飼っている家が数軒あるそうだ。

「敷地内をちらっと眺めて〝今日も元気だな〟って確認しながら学校に行きますよ」

そんな日々を過ごしている中、気になる犬がいた。

「ラフコリーなんです、ラッシーみたいな」

庭に置かれた大きめの屋根付きケージの中で、大人しく過ごしている様子をH君は微笑《ほほえ》ましく見ていたが、ある時を境にどうも様子がおかしいと思うようになった。

「しょんぼりして元気が無いんです、元々大人しい犬ではあったんだと思うんですが……」

飼い主は家を留守にしていることが多いようで、それも気がかりだった。

「ちゃんと犬の状態を知っているのかなって。寂しがりやの犬種ですし、運動量も多いですからケージから出して十分に散歩させてあげないとストレスで弱ってしまうんですよ」

犬は、日を追うごとに弱々しくなっていく。

「ちょっと見ていられなくなったんで、もし散歩の時間や構ってやる時間がないんだったら、僕が代わりにそれをやってもいいと思って」

飼い主が在宅であろう夜を待って、家を訪ねた。

散歩中なのか、ケージの中に犬は居ない。

「責めるような言い方だと関係が悪くなると思ったので、あくまで単に犬が好きなので散歩の手伝いをさせてもらえませんかっていう風に言ったんです」

飼い主は初老の夫婦だった。

H君の申し出を聞くと、悲しそうに首を振る。

「まだケージがあるのでそう思ったのでしょうが、うちの犬は先月亡くなりました」

突然死だったという。

え？　今日だって庭に居たじゃないか！

H君は、当初暗に拒否されているのかと思ったそうだ、しかしそれにしては目の前の二人は沈痛な表情を浮かべている。

嘘を言っているようには見えない。

「それで、その日は納得したふりをして帰ったんですよ」

帰り際にケージを覗いてみたが、犬は居なかった。

次の日、家人の留守を確認して庭に忍び込む。

道路からは、ケージの中でしょんぼりしている犬が見えていた。

やはり、あの二人は嘘をついている。

デジカメをポケットに忍ばせケージに駆け寄った。

「ちょっと性質《たち》が悪いなって自分でも思いましたが、写真の一枚でも撮って交渉すれば押し切れると思ったんです」

目の前にうずくまっているコリー犬。

しかし、それはやはり死んでいるのだと一目《ひとめ》でわかったそうだ。

「体が透けていました。嘘みたいですが半分透明なんですよ」

唖然とするH君の前で、犬はしょんぼりしたままスウッと消えてしまった。


「それから、しばらくはケージの中でしょんぼりしていましたよ」

彼は通学の度に、犬の幽霊がいるのを確認していたそうだ。

友人を連れて来てケージを見せたこともあったが、H君には見えていても彼等には見ることができなかったという。

「半年ぐらい、確認できてましたね」

ある日、例の家の前を通りかかると犬が見えない。

「成仏したのかなって思ったら」

家の庭に、別な犬が居た。

「自分で身を引いたんですかね」

H君は、幽霊犬に向けてデジカメのシャッターを切ったことがあったそうだ。

自分で撮影した、その空っぽのケージの写真を今でも大事に持っているという。

ろくでもない土地

「こう、車で走ってるじゃないですか？　そしたら前方右側に松の木があって、その松の枝から、提灯《ちょうちん》みたいなのが何個も落っこちてるのが見えたんですよ」

I君は、興奮気味に言った。

「そんで、何かイルミネーションっていうか、そういう飾りなのかなと思って。近くで見ようと車を寄せたんです」

周囲は田んぼ、畑。人家もないこんな場所に、誰がイルミネーションなど施すのか。

「そしたら、何だったと思います？」

彼は少し間をおき、声色を変えて言う。

「顔ですよ！　顔！　提灯だと思ってたのが顔だったんですよ！」

人魂みたいな感じ？

「いや、明るく光る顔が松の枝から落ちて行くんです、そんで地面に吸い込まれる。俺はもうダメでしたね、逃げましたよ」

結局、車からは様子を眺めただけで近寄ったり触ったりはしなかったそうだ。

「そんなに遠い場所じゃないから、行ってみたらいいですよ。ナビついてれば一発ですよ」

件《くだん》の松の木は幹線道路から少し道を外れただけの所にあった。

思ったよりも人目に付くその場所を歩き、I君から聞いた話の整合性を確かめるように、キョロキョロと周囲を確認する。

こんなにアクセスのいい場所なら夜に来ればよかったなと思いつつ、ボケッと松を見た。

何の変哲もない、ただの松である。

こうやって文章化する際の参考になればという気持ちで、私はその場に立っていた。

しかし、どこからどう見ても、怖さの欠片《かけら》も感じられない普通の松。

〝その辺にある松〟くらいの描写で事足りる、正直にそう感じた。

I君の目撃談は、本当に〝ただ見た〟というだけの話であり、文章として書き上げるにはいささか心もとないものであった。

いくらかでも話を盛り上げる要素を得ようと、その前後の心理状態や関連性がありそうな出来事などを根掘り葉掘り聞いてはみたものの、実際にそれを見たと主張する彼にとってみれば、見たものを情熱的に語ることの方が重要なのである。

実際に見た人間のお話と、それを書き上げて読み物とする人間の都合は必ずしも合致しない。それ故に、少しでも描写の足しになればという思いから、その場にやってきた。

しかし、思っていたイメージと違い、松は伸び伸びと健康的にその場に生えている。

周囲には田んぼと畑が広がり、牧歌的な田舎の風景が広がるのみ。

もともと乏しい描写力しか持たない私が、この風景をいくら頑張って怖々《こわごわ》しいものにしようとしたところで無理がある。

——帰ろうか。

そう思い、車に向かって歩き出すと、野良着を着たお爺さんとすれ違った。

せっかく足を延ばしてここまで来たのだという思いが私にあったのだと思う。

気が付けば声をかけていた。

「すみません、あの、この松なんですけど……」

「あ?」

お爺さんは怪訝《けげん》そうな顔で私を見る。

「この松で、不思議なことってありませんかね？」

自分でも、何を言っているのかわからない。

急に呼び止められ、わけのわからないことを訊ねられた彼は「は？」と私に訊き返した。

「すみません、この松の辺りで不思議なものを見たっていうお話を聞いたもので……」

「ああ？　俺ァそんなもん見だごどねぇな、何だ？」

「ああ、そうですか……　ありがとうございます」

あまり友好的な様子ではなく、変わらず怪訝な視線を向けてくるお爺さんに頭を下げ、その場を立ち去ろうとした。

「うしづがだよ、そごァ」

〝うしづが〟彼はそう言うと頭に巻いていたタオルを取って汗をぬぐった。

「牛塚《うしづか》ですか？」

「ああ、家畜を埋めっとご」

「ああ……」

牛塚というものを知らなかった私は、気の利いた返答もできず固まってしまった。

「おめえ、どごのや？」

何処《どこ》から来たのか、という意味である。

「ああ、○○です。海の方」

自分の現住所を述べる。

「ふ〜ん、そんで、何？」

「ああ、いえ、私は幽霊の話が好きでして、そういう話のある場所に実際に行ってみたりするんですけれど、この松から、その、人の顔が落っこちて行くのを見たという話がありまして…… ええ、そういうわけで……」

その土地の人間に対して言うには、ある意味で失礼な話かもしれないなと思った。

土地は財産である。この松の生えている一帯も誰かの所有地かも知れない。

私の行為は、それにケチをつけるものに他ならない。

あるいはこの目の前の老人のものである可能性もあるのだ。

彼は松の方に向き直り、指さして言った。

「松っつぅよりは、土地だべな。こっからそごまで塚《づが》だもの」

聞けば、松が植えられている場所は、家畜として飼っていた牛や馬などを葬るのに使っていた土地なのだという。

それ故に〝牛塚《うしづか》〟。

どうやら、話をしてくれそうな雰囲気であることを察して、私は大仰に頷いてみせた。

「牛だの馬だの埋めらってっからよ、そいづ等が化げで出たんでねえの？」

彼は半笑いでそう言い、私を見た。

しかし、であれば、I君が見たものは〝牛や馬の顔〟でなければならない。

彼は確かに〝光る人間の顔〟だと私に言った。

どうしても言質《げんち》を取りたい、怪談としての信憑性が欲しい。

欲望に抗《あらが》えず、失礼を承知で訊いてみた。

「人は、埋めなかったんですかね？　ここに」

「だれ牛だの馬だのどいっしょに人埋めっけや、人は墓さ入る」

いくらか、気分を害してしまったかも知れない。

「そうですよね、すみません……」

「おめえ、馬鹿でねえの？」

そう言ってはっはっはと笑い、彼は言う。

「まァもっともな、そんな話も俺のおふぐろだの何かがら聞いた話だがらよ。それよりも昔のごどなっとわがんねえな、何がはあったのがも知れねえよ」

どういうことだ？　何かあったのかも知れないとは？

「何かって？」

「ちょっと考えればわがんべもん、わがんねえが？」

「いや、スミマセン……」

「今日日のアンコはもの知らずだなや、周り見でみろホレ」

周囲は、田んぼと畑である。

「田んぼと畑と……」

「おめえ、こご入ってんのが？」

笑いながら、お爺さんが私の頭を指先で突いた。

この展開は、私の黄金パターンと言っていい。

年寄が先に体に触れてくれれば、警戒心はほぼ解けている。

「すみません、あまり丈夫な頭ではないので……、どういうことですか？」

田んぼの方角を指さし、老人は言う。

「あそっからそごまで、田んぼだべ」

「ええ」

「ほんであそっからあそごまでは畑だ」

「はい」

「そしたらよ、何で此処《ここ》ばり何もねえのや?」

「え?」

お爺さんが此処という、松の生えている一帯は何もない原野である。

見れば田んぼは出来るだけ平らな位置にあり、畑はなだらかな傾斜のある土地にできている。ちょうどその間、田んぼと畑の境界線上に松は植えてあり、その周辺には田んぼも畑もないのだ。

「この辺はよ、俺らがガギの時分がら田畑よ、そうすっともっと昔がら田畑よ」

手拭いを頭に巻き直しながら彼は続ける。

「牛だの馬だの、そんなにいっぺえ此処に埋めっか? 貴重なもんだぞ、牛も馬も。ホレ死んだつって直ぐ次のもの買ってくる何てでぎねえのよ、昔の話だもの」

牛塚と呼ばれる一帯の面積が、常識的に考えて広すぎるのだということを彼は言った。

彼は一体、何を言いたいのであろうか、私は考える。

「牛塚があっから田畑作んねがったんでねくてよ、何かあったがらごそ、わざど牛塚にしたんだべな」

と、いうことは――。

「だがらよ、元々ろぐでもねえ土地だったんだべってごど。血生ぐせえごどでもねがったら、牛塚になんてされねえで田畑になってでいい土地だ」

つまり、元々何らかの事件があった故に、忌み地とされていた場所の一部を〝牛塚〟として利用したのだろうということのようだ。

そのために、家畜を埋めるだけの面積さえあれば事足りるはずの〝塚〟が、常識的に考えて広すぎるものになってしまっている、と。

「人でも死んだ場所だったんでねえのがな、そうだとすれば一人や二人ではねえべおん、昔のごどだがらわがんねえげんとよ」

お爺さんにお礼を述べ、牛塚を後にする。

I君の目撃談も、あながち的外れではなかったのかなと感心した。

横切るもの

数年前の朝。

D君は車を運転し、会社に向かっていた。

郊外のバイパスを降りて町内へ。

田舎の二車線道路、通勤時間帯とはいえそこまで混みあっているわけでもない。

いつも通り、のんびりと車を進める。

途中、赤信号に捕まり車を停車させた時であったという。

すぐ目の前、五メートル程先の歩道に小さく動く影がある。

「猫かなって」

気になって目を凝らしてみるが、それが何なのかハッキリしない。

「影っぽいっていうか、形があるのはわかるんだけどよく見えないんだよ」

――何だアレ？

様子を観察していると、その影が立ち上がり、歩き始めた。

「え？　子供？って、猫だと思ってたものが急に子供っぽく立ち上がって……」

二、三歳ぐらいの子供に見える。

それが目の前の車道を横切っていく。

「横断歩道を無視してさ」

依然として、何なのかわからない。

「そっからは一瞬だった」

人類の成長図の如く、子供のような影は歩きながらその身長を徐々に伸ばし、大人程の大きさになったかと思うと今度は小さくなっていく。

「最後には腰の曲がった年寄のような格好になって」

反対側の歩道にたどり着く前に、倒れ込むように消え去った。

気が付けば、青信号。

呆気にとられたまま、車を進めチラチラとバックミラーで後方を確認した。

「何もなかったね」

その日の帰り道、同じ信号に再び捕まった。

車を停めて朝のことを思い出していると、電柱に何かが貼り付けてある。

〝○○家〟という文字と矢印、葬儀案内の看板。

「ああ、葬式があるんだなって」

矢印の先、右奥の路地には鯨幕《くじらまく》の張ってある家が見える。

ちょうど、あの影が向かっていた方向。

「本人？　それとも妖怪かなんかの類《たぐい》？　ってそん時は思ったけどね」

今の今まで、すっかり忘れていた話だったそうだ。

法要

B君という二十代の男性から伺った話。

「父方の祖母の一周忌と曽祖父の三十三回忌が重なったんですね、ですから祖母の法要の際に、曽祖父の三十三回忌の供養もしてしまおうと」

B君は祖母には大変可愛がられたが、曽祖父とは面識が無かった。

「私が生まれた頃にはもう亡くなっていましたから。でも話には聞いていたんです、博打が好きで派手な人だったって」

曽祖父は、その博打好きが仇《あだ》となり家を傾かせた人間として親族同士の間でよく語られる人物であったそうだ。

「まあ、笑い話としてですけどね」

気性は荒くてもどことなく憎めない、そんな人物像を抱いていたという。

「話に聞く分には嫌いなタイプではなかったんです」


法要当日。

祖母の一周忌と重なったこともあって、三十人弱の親族が寺に集まった。

彼らは口々に故人について語り、在りし日を偲《しの》ぶ。

もっぱら話題となったのは曽祖父のこと。

「法事の意味合いとしては祖母の一周忌の方がメインだったんですけど、曽祖父の話をする人の方が多かったんですね」

博打に負けて褌《ふんどし》一丁で帰って来た話。

家が火事になった際に母屋には目もくれず、何故か外にあった便所を一生懸命叩き壊していた話。

雉《きじ》を獲りに竹藪に入って泥濘《でいねい》に足を取られた末、数日後に衰弱した状態で発見された話。

全ての逸話が笑いを誘った。

法要前の寺の座敷で繰り広げられる、故人への愛憎尽かぬ会話。

「バガにするわげじゃねえげどよ、どっかおがすねぇどごあったもんな、昔の世の中だがらそんでも何とがなってだっつうのはあったべよ」

「オラまだガギだった時分に、何だがして怒られでは、顔ば思いなすぐぶん殴らいって吹っ飛ばされだごどあったっけな、まだ四っつか五つの頃よ」

「思い出すど震えくんな、おっかねがったけおん」

「ここに集まった人間は皆何かしら酷い目に合わされでるよ」

「そういえば死んだ時もこうやって笑ったっけな、厄介払いで坊主呼ぶのがって」

「もう止めらい、お寺で語っこどでねえべさ」

「何、もう弔《とむら》い上《あ》げだ、これも供養よ……」

やがて、本堂に案内されると法要が始まった。

さっきまでの騒がしさが嘘のように静まり返っている一同。

寺の住職が訥々《とつとつ》と語る説法を聞き、読経が始まった時だった。

「私の父親が、急に立ち上がったんです」

随分非常識なタイミングで立ち上がったなとB君は面喰らったそうだ。

「トイレにでも行くのかなと思っていたんですが……」

父親は本堂からは出ず、歩き回りながら柱に手をかけて揺さぶるような動作をしたり、その場に寝転がったり、まるで場違いな行動を繰り返しはじめた。

「なんのつもりだろうって、周りの親類も不思議そうにしてました」


「嫌《いや》んたなぁ、やんたやんた」

父親が呟き始める。

「やんたやんだ、嫌んたでば」

言いながら、親族の集まる席へ、少しずつ近づいて来る。

顔面の筋肉が強張《こわば》ったような表情。

足取りは確かなのに、滑るようにふらりふらりと歩いている。

「やんたぁやぁあんた」

普通ではないその様子に、親族たちが騒めき始めた。

「おい、おがしぐなってでっぞ」

「おがしい、おがしい」

「外に出せ、病院だこれ」

「私自身、どうしていいのか分からなくなってました」

B君にも目の前の父親の状態を説明できるような知識や経験はなかった。

一同が取り乱しかけた、その時。

「お静かにして下さい」

本堂に響き渡るような太い声で、住職が言った。

途端、父親はその場にだらりと座り込み、イビキをかきはじめる。

「脳の病気とかだったら大変だなって、ちょっとこれはマズいなと」

B君が席を立とうとすると――。

「お静かに」

再び、後ろも振り向かずに住職が言う。

「一喝っていうような言い方ではなかったですけど、あまりにも重みのある声だったので皆黙っちゃって」

朗々と読経が続く。

押し黙ったまま父親に視線を向ける一同。

座ってイビキをかいたまま、動かない父親。

「ご焼香をお願いします」

住職はそう言って、座っていた椅子から立ち上がると本堂の裏に消えた。

云われるままに、順繰りで焼香をあげ始めるB君と親戚たち。

ヒソヒソと何かを語りながら、全員の視線が父親に注がれていた。

「もう、法要どころじゃないんです。だけどそんな状況に立ち会った人間も居なかったんでしょう、対処の仕様もわからないので、和尚さんの声の説得力に負けて、それでも焼香を続けていました」

〝あるいは何とかなるのかも知れない〟という思いは全員が共有していたようだ。

やがて、和尚は長い卒塔婆《そとば》のようなものを手に本堂に戻って来た。

父親の後ろに回り、眠りこけている様子の彼の肩を目がけて、それを振り下ろす。

パンッ!

厳しい音が鳴った瞬間に、父親が飛び起きた。

辺りをキョロキョロと見回すと「なんだ?」と一言。

「その場の緊張が一気に解けました、もう明らかに顔つきがいつも通りに戻っていたので」

住職に促され父親もまた焼香の列に並んだ。


その後、滞りなく法要は終了し、庫裏《くり》での会食の際。

「おめえ、わげわがんねぐなってだんだぞ」

父親は従兄弟に当たる人物にそう話しかけられると「俺も、何がなんだが」と恥ずかしそうに答えた。

「〇〇あんつぁんだべもの」

一番歳かさの親族が言う。

曽祖父のことである。

「法要の席であんまりだった、勘弁してけろな」

父親はそう言うと、どこへともなく手を合わせ頭を下げる。

それを見ていた数人がつられるように手を合わせた結果、一同が黙祷を始めた。

「宜《よろ》しいでしょう」

声が聞こえ顔を上げると、住職が席に着いている。

「本当に稀《まれ》に、こういうことがあります」

彼はそう言ってから、場を進めるよう促した。


会食も済んだ後で、喪主であった父親と息子であるB君は住職に謝辞を述べに向かった。

「何だか、取り乱してしまいまして……」

そう言って頭を下げる父親に対し、住職は言った。

「私も、実は驚きました」

住職は落ち着いているように見えたが、父親の行動を察してからは読経を間違える程に動揺していたそうだ。

一同が父親に注目していたタイミングであったので、殆ど気付かれなかったでしょうがと、住職の方が頭を下げた。

「これまで数回、葬儀の際などにこういったことがありまして」

住職は似たような状況を、何度か経験しているという。

その度ごとに、場を司る者として慌ててはならないという思いから、何かその都度有効そうな行動をしてみているのだ彼は言った。

卒塔婆のようなもので叩いたのも、やってみるだけやってみるかという判断。

「根拠もなにもなかったんです、もしダメだったら救急車を呼ぼうと」

しかしどうあれ、ことがそれで済んだのだから、父親もB君も感謝していた。

——ただ。

住職が言う。

「この方（曽祖父）の法要に関しては、今回で弔い上げとせず、五十回忌まで続けた方が良いでしょう、あまり良い言葉ではなかったですから」

父親がおかしくなった時に呟いていた〝やんた〟とは〝嫌だ〟という意味である。

「あの世で、ご苦労なさっているのかも知れません」

「本来であれば、お墓に入っている骨壺から遺骨を出して、土に還すタイミングが三十三回忌であるそうなんですが、曽祖父に関しては、もう少し供養を続けた方がいいのではないかということを言われました」

父親は、その旨を了承し、結果的にB家の墓には、まだ曽祖父の遺骨が骨壺に入った状態で保管されている。

「いや、いいんですけどね。ただまあ五十回忌までとなったら、次の法要の喪主は私ってことになりますから、ちょっと怖い感じはあります」

次はおよそ二十年後。

「もっとも、法要の場で曽祖父について語っていた人たちは既に居ないでしょうから、彼をネタに笑いをとるようなことはもう無いんでしょうけれど」

B君は、冗談めかしてそう言った。

煙

Gさんは、その日の朝、不思議な光景を目撃した。

「通学途中の小学生だと思うんだけれど、ランドセルから煙が上がっていたの」

しかし、火が見えたり、その小学生が熱がっていたりする様子はない。

そもそも、その〝煙〟は他の煙のように霧散《むさん》することなく、小学生の周りに留《とど》まっているように見える。

「あれ、何だろうなって思って」

煙は脈打つような不思議な動きをしている。

どうやらそれは、小学生の呼吸に合わせてのものであると気付いた彼女は、思い切って子供の前に出て、顔を確認した。

「鼻にね、煙が入っているの」

その男の子の鼻に入り込んでいる煙は、まるで生き物のように蠢《うごめ》き、傍目《はため》に苦しそうだったという。

「泣いてた、男の子」

何も言うことができず、彼女はその場を立ち去ったそうだ。

在宅介護

Rさんの父親は八十歳の誕生日に脳梗塞《のうこうそく》を患《わずら》い、自宅での療養を続けていた。

通所《つうしょ》でのデイケアやリハビリには積極的ではなく、自宅のベッド上で過ごすことが多かったため下肢《かし》筋力が衰え、一年も経たないうちに殆《ほとん》ど寝たきり状態となった

高齢の母親に代わって日常的な介護を担っていたのは娘のRさんであり、彼女はそのために介護ヘルパーの講習に出るなどして献身的に父親の面倒を見ていたという。

「腐っても自分の親だからね、本人が過ごしやすいように、私ができることならいくらでも手伝ってあげようって、最初のうちは思っていたよ」

食事の介助からおむつの交換、着替えに通院。やらなければならないことは多く、自身の気持ちとは裏腹にRさんは次第に憔悴《しょうすい》していった。

「本当に大変だった、私個人の時間なんて全然ないんだもの……」

社会との接点を持とうとしない父親は、少しずつ少しずつおかしくなる。

「まだらボケっていうのかしら。マトモな時もあればワケのわからないことを言う時もあって」

ある時期、こんなやり取りがあった。

「Sんとこの孫はかわいいなぁ――」

Sとは、近所に住む親戚のことである。

「Sさんの所には孫にあたる子供っていなかったから、きっとまたボケて変なことを言い出したんだなと思ってね」


『Sさんの所に孫はいないよ』

『いや、いる』

『いないよ！』

『……』

「真面目に相手をしても仕方ないのはわかってたんだけど、同じことを何度も言うから、だんだんこっちも腹が立ってきて〝はいはい、そうですね〟って言えないの」

父親はこの〝Sの孫〟の話を度々繰り返した。

「何でそんなことを言いだすのか……。自分のひ孫のことじゃなくて、他所《よそ》の家の居もしない孫の話なんてって」


『Sの孫は女の子だ』

『今日もSの孫を見て来た』

『Sの孫が泣くもんだから困った』

『Sの孫を連れてこい』


父親は〝Sの孫〟に執着している様子だった。

ある晩のこと。

自室で眠っていたRさんは妙な音で目を覚ました。

「にゃーにゃーって」

家の外に猫でも居るのかと思い、再び眠りに着こうと目を瞑《つむ》るが、執拗に聞こえてくる音が気になって眠れない。

布団の中で寝苦しさに耐えていると、尿意を自覚した。

階下のトイレへ向かう。

「ついでに父の様子を見て行こうと思って」

父親の居る部屋の戸を開けると、何やらもぞもぞと動いている。

「お父さん?」声をかけた瞬間に、父親がビクッと体を震わせたのが分かった。

何だろうと思い、電気を付けると、彼は目を見開いてRさんを見つめていた。

「おむつにウンチをした後にそういう動きをすることがあったから、ベッドを汚されでもしたら大変と思って確認したの」

ベッドの中は何ともなかった。

一応、おむつを見てみるが排便をした様子もない。

Rさんが不思議に思っていると、父親はバツの悪そうな表情で「Sの孫だよ」と言う。

「何言ってんだろって、深夜だったから相手をしないで寝たのよね」

次の日、父親は明らかに機嫌が良かった。

「ニコニコして、大人しくて、私は楽だったんだけど」

掛布団の下で、何かモゾモゾと手を動かしているのはRさんも知っていた。

「昨晩のこともあったから、自分なりに何か面白い手遊びでも見つけたのかなと、放っておいたんだよね」

その日の夜。

「また、にゃーにゃー聞こえるの。昨日よりも激しくって盛りがついたみたいに」

同じように目を覚まし、トイレへ向かい、父親の部屋を確認しようと戸に手をかけた。

「部屋の中から〝ギャン！〟って聞こえて、猫がビックリした時みたいな声」

驚いて勢いよく戸を開け放つと、やはり父親がもぞもぞしている。

まさか猫などいないだろうが、と思いつつ、神妙な様子の父親の側に近づくと掛布団を剥《は》いだ。

何もない。

何もないが――。

「Sの孫、黙ったわ」

父親はそう言いながら、右手をグチャグチャと動かしている。

見えない何かを弄《いじく》っているような手振り。

「動かなくなったわ」

そう言って笑うと同時に〝何か〟をぷいっと投げ捨てるような動作をすると、Rさんに布団を掛けるように促した。

「面白かったナァ――」

子供のように無邪気な様子でそう言うと、父親は目を閉じた。


その後しばらくして、Sさんの娘が子供を流産していたことを耳にしたそうだ。

父親が〝Sの孫〟を連呼していた時期に、それは重なったという。


「父は亡くなったけど、今度は母がね…… もう四の五の言ってられないし、悩んでいる暇もなければ怖がってる暇もないのよ、そんなことがあったってだけ」

Rさんはため息を漏らす。

「介護地獄って、よく言ったものね」

図書館で子供

Kさんはその日、図書館で読書に耽《ふけ》っていた。

「あそこの図書館は本当に時間が止まったように感じるの、設計した人天才だと思う」

午後の陽ざしがゆるやかに降り注ぎ、時間の感覚が曖昧《あいまい》になるような居心地の良さに身を委《ゆだ》ねながら、本のページを捲《めく》る。

どのくらいそうして居ただろうか、喉の渇きを覚えてエントランス付近の自動販売機で一息ついていると、何やら騒がしい。

「うん、外じゃなくて中、図書館のどこかで子供が泣いているような声が聞こえて」

察するにまだ幼い子供のようだ。

「きっとご両親が側にいるだろうから、直《じき》に泣き止むなり外に連れ出されるなりするだろうなって思っていたんだけれど」

しかし泣き声は一向に止む気配がない。

それどころか、より激しく強弱を付けながら泣き叫ぶような調子に変化していた。

「まさか図書館内で子供に暴力を振るっている人間がいるとは思えなかったけど……」

子供は時々「ぐううう」っと何かを堪《こら》えるような呻きを漏らしては嗚咽《おえつ》している。

とうとう我慢できなくなったKさんは、持っていたコーヒーをテーブルに置くと子供を探し始めた。

「小さい子供が明らかに苦しがっているようだったから、絶対おかしいって思って」

しかし平日の昼とはいえ、図書館内にはKさん以外にも利用者が複数人居たし、司書等図書館の職員も居るのだ。

何人もの大人がそこにいるのに、皆が皆、まるでその泣き声に気付かないかのように過ごしている。

「ちょうど、シアタールームみたいなお部屋もあるので、あるいはそこで上映している映画か何かの音が漏れているのかなっていう風にも思ったよ」

しかしそれにしても、子供の泣き声と呻き声だけを延々と繰り返すような作品を図書館で上映するだろうか？

色々と思索を巡らせながら、万が一に備えて子供を探し回る。

「もし何かあったら、私一人で対処できないことはわかっていたけど」

ある書架の前を通り過ぎた時だった。

「ちょっと言葉では伝えられない。でも〝子供がこと切れた声〟ってあんな感じなのかもしれない」

そんな声が聞こえたのだそうだ。

驚いて声のした方へ足を向けると、小走りで連なる書架の奥へ奥へと向かう。

もう声は聞こえない。

しかし、この辺りから聞こえていたことは間違いない。

周囲を見渡しながら子供を探すが、気配すら感じられなかった。

近くで作業をしている司書らしき職員に「子供が泣いていませんでしたか?」と訊ねると不思議そうな顔で「いえ、私には何も……」との答え。

「でも絶対に聞き間違えじゃないんだよ、本当に聞こえてて」

納得できずに声のした書架の辺りをウロウロしていると、一冊の本が肩に当たりバサッと目の前に落ちた。

もとあった場所に戻そうと拾い上げる。

「子供に関する虐待をレポートした本だったよ」

陽ざしがゆるやかに降り注ぎ、静かで清潔で温かな図書館。

複数の大人たちが、のんびりと幸せそうに読書に耽《ひた》る空間。

その雰囲気に馴染まない、その本。

「涙が出て来たよ、きっとこれだってすぐにわかった」

誰も、気付かなかった。

周囲に何人も大人が居て、あれだけ泣き叫んでも……。

パラパラとページを捲ると、それだけで今度はKさんが嗚咽を漏らしそうになったという。

ついさっきまで聞こえていた声。

おそらくその声の主であろう子供の惨状が、綿密に書き込まれている。

彼女はその本を貸し出してもらい、自宅で泣きながら読み終えたそうだ。

「すごいよね、虐待を受けた子供が書いたってわけじゃないんだよ。それを取材した人間が書いて発表したものなのに、本っていう形で出版された上で〝泣く〟んだから……」

怪談めいて言うのなら『子供の怨念が本に宿る』という表現になるのか、私がそう言うと彼女は「馬鹿じゃないの?」と言った後で続けた。

「全然違うと思う。本を書いた人たちの思いが〝ああいう形〟で私に伝わったんだよ。子供たちは恨むことさえできずに亡くなってしまっているんだから……。そういう力が本にはあるんだと思う」

チュルッと

R先生は地方の大学病院に勤める医師だ。

週に何度か、近隣の病院へ当直医師として派遣され、泊りがけで診療に当たる。

その日派遣されたのは、初めて出向く病院であり、多少の緊張と共に最寄り駅からタクシーに乗り込んだ。

運転手と世間話をしながら、派遣先である病院の方角を見やると、やけに空が明るい。

「車の前方、ちょうど病院がある方角から、空に向かって光の柱が立っているように見えたんだ」

タクシーの運転手に「あれ、何ですかね？」と問うてみると「何のことですか？」と不思議そうな返事が返ってくる。

「霊感って程ではないけれど、もともと何か妙なモノを見る性質であるのは自覚していたから、これもきっとその類のモノなんだろうなって」

運転手の返答からそのように察したR先生は、適当に話題をはぐらかして到着を待った。

「最初のうちは、あるいは見間違えかなとも思ったんだけれど、近づけば近づくほどに光の柱がハッキリとしてきてね、こりゃあどういうことなんだろうと思ってた」

病院の駐車場に着き、郊外というには山深すぎるその病院の敷地に立つ。

「驚いたよ。病院の敷地全体に何だかキラキラした粒子みたいなのが舞ってて、それが空に向かって一直線に昇って行ってるの」

これまで見たこともないような光景に唖然としつつ、光る粒子を眺めながら院内へ向かう。

「その病院は、いわゆる〝お看取《みと》り病院〟ってやつでさ、医療措置が必要な高齢の患者を多く扱っているんだ」

何らかの病を患い治療を受けたものの、寝たきりになってしまい帰宅できなかったり、施設入居をするのも難しい状態の高齢者が、最後を待ちながら療養している、そういう病院。

「だから必然的に亡くなる患者さんたちも多くてね、死亡確認と死亡診断書を書くためだけの当直だって聞いてはいた」

実際その晩も、R先生は高齢の患者を二人看取った。

「でも、ある意味いい環境ですよね？　何なのかはわからないけれど、綺麗な粒子が舞っていて、それが空に向かって昇って行ってるなんて。いかにも〝天に召される〟っていう感じで」

そう感想を述べた私に、R先生は言った。

「確かに、視覚的にはそうなんだよ。メルヘンティックな捉え方をするならば、今にも羽の生えた天使が降りてきて、ラッパでも吹きながら霊魂を天に導くみたいな雰囲気なんだ」

——ただねぇ……。

「俺は、その病院の敷地に立ってから、ずっと妙な感覚があったんだよ。上に向かって引っ張られるっていうのかなぁ、髪の毛を下敷きで擦《こす》って静電気を起こした時のようなさ」

タクシーを降りた瞬間から、院内の診察室、医局、当直室、全ての場所で上に引っ張られる感じがあったという。

「それでさ、亡くなった患者さんの死亡確認のために病室に入るでしょ？　そしたらその感覚が更に強くなって……」

まるで何者かが頭頂部に口をつけて吸い上げてくるような感覚。

「目玉焼きの黄身をさ、こう真上から口をつけてチュルッと吸ったりするじゃない？　そんな感じ。もちろんこの場合の黄身は俺ね」

「病院がどうこうっていうよりも、あれはもともとああいう場所だったんじゃないかな、あの世に近いっていうか何ていうか……ん～でもわかんないな、ああいう場所だったから〝お看取り病院〟になったのか〝お看取り病院〟ができたからああいう場所になったのか、どうなんだろうねえ」

「目に見える光景は綺麗だったけど体で感じたものは気持ち悪かった」とR先生は言った。

弟子入り志願

Kさんは、由緒ある寺院の住職である。

以前、こんなことがあったと話してくれた。


強かった日差しが、日に日に弱まってきた初秋の頃。

「ごめんください」と寺を訪ねて来た者たちがいた。

見れば二十歳前後と思われる女性が二人、玄関に佇《たたず》んでいる。

見覚えのない顔、服装もどこか垢抜けており、この辺の住人ではないようだ。

「どうなさいました?」と問う住職に、二人はそれぞれ名前を名乗り、自分たちは姉妹であると語った。

物静かで楚々とした姉と、それとは対照的にどこか落ち着きがなくソワソワした妹。

〝はて、こんな若い娘さんが何の用で昼間から寺に？〟と不思議に思いながら「どんなご用向きで？」と問うてみると、落ち着きのない妹の方が言った。

「弟子にしてください！」

〝弟子？　今日日一体何を言っているのだ？〟呆気にとられているKさんに向かって、興奮を抑えきれない様子の妹がもう一度言った。

「弟子になりに来ました！」

「いや、こっちもね、ちょっと異様だなと思ったんだよ正直。だってそうでしょう？　どうみても今時の若者の格好をした女の子が〝弟子にしてくれ〟って言うんだから、おかしいでしょう、そんなの」

私にそう言い「それでね」とKさんは続けた。

目を輝かせ、どこか逸脱した雰囲気を醸し出しながら「弟子にして下さい」と連呼する妹を制し、落ち着き払った姉の方が「少々、お話を聞いて頂けませんか？」と切り出した。

〝何なんだろう、この娘らは……〟不審に思いつつも、無碍《むげ》に追い返すこともできず、渋々二人を客間に通した。

嬉しさを隠しきれないとでもいった様子で、子供のようにしきりにハシャいでいる妹と、それを咎《とが》めもせずにいる姉に、異様なものを感じつつ、Kさんは二人と向き合うように腰かけ、お茶を出して話を待った。

自分から〝話を聞いてほしい〟と言ってきたにも関わらず、一向に話し出そうとしない姉、キョロキョロと辺りを見回しては笑みを浮かべている妹。

しびれを切らしたKさんが「弟子入りとはどういうことですか?」と語りかけると、姉の方がうつむきながら答えた。

「言葉通りです、こちらのお寺にお弟子として住まわせて頂けないかと……」

いくら寺であっても、見ず知らずの人間を、はいそうですかと弟子入りさせることなどできない。常識的に考えてわかりそうなものだが……とKさんは思った。

しかし、かと言ってけんもほろろに追い返してしまうのも寺という立場上どうなのか。

考えた末に理由だけでも訊いてみることにした。

「見たところ、お二人ともまだお若いご様子、何ゆえに弟子入りを志願されるのですか?」

「助けてもらったから!」妹の方が弾けるように答えた。

見れば、姉もまたうなずいている。

「それは、誰にですか？」

「和尚さん！」

妹が、目をキラキラさせながら言う。

「私は、あなた方とお会いするのは本日が初めてだと思いますが」

今度は姉が口を開いた
「ずっと前です、ご住職が生まれるずっと昔に、私たちは貴方に助けられたことがあるのです」

Kさんには、全く意味がわからなかった。

「だからね、これはちょっとこっちの専門ではなくて、別な方の専門家に〝診て〟もらった方がいいんじゃないかなと思ったんだよ。幸い、親しくしている檀家さんに、精神科の先生が居たから、場合によっては連絡しようかなって」

「申し訳ないが、あなた方の仰る意味がわからない。親御さんは？　お二人はこの町にお住まいなのですか？」

そう問うと、姉が同県の内陸地方の地名を言い、そこの出身だと答えた。

「そもそも、本当に弟子入りしたいのであれば、親御さんともご相談の上で、改めて話し合いの場を設ける必要があります。しかしそれ以前に、私が見たところではあなた方はどうも危うい、気を悪くして欲しくはないけれど、一度精神的な検査を受けられてみてはいかがか？」

苦笑いをしながら、Kさんは私に言う。

「まあ、ある意味では、こっちも相当非常識なことを言ったなっていう自覚はあったよ。だけれども、この状況をどう解決に導くかを考えた時に、当事者の回答としてみれば割と妥当だとは思わないかい？」

二人はあからさまに動揺した様子で、すがるようにKさんを見つめ、黙った。

そのまま、十数分、誰も一言も無いままに時間だけが過ぎた。

〝まさかこんなことになるとは〟とでも言いたげな様子の妹が「一回帰ろう」と姉に言い、

その言葉で気を取り戻したように姉が頷《うなず》いた。

「もう一度よく考えて。本当にどうしても弟子入りしたいのであれば、親御さんも交えてお話をしましょう、そしてそれ以前に、もう一度、自分たちの状況をしっかり考えて来なさい」

玄関で靴を履いている二人の背中にそう語り掛け、茫然とした様子で寺を出て行く様子を見送った。


「ただねえ、気になることがあったんだ」

ここまでを話し終えて、Kさんは私に言った。

「あの娘らが言っていた故郷の地名ね、実は私の出身地なんだ。うちの実家もそこで寺をやっていたんだけど、確かに〝妙な意味での人助け〟とでもいうのかな、そういうことをしていた寺でね……」

Kさんの実家は、その地では古い寺であり、彼はもともとこちらの寺には婿養子として迎えられたのだそうだ。

実家の寺は少々変わっており、住職として多数の檀家を抱える父よりも、ある種の霊感のようなもので〝ご祈祷〟をするKさんの母親の方が多くの信者を抱えていたのだという。

「うちの宗派では〝霊魂〟とかいわゆる幽霊のような概念ってないんだよ。だからお祓《はら》いとか祈祷とか、そういう類のことは基本的にはしてはならないことになっている。本山に知れたら怒られちゃうからね。ただ、実はこっそりやっているんだよ、私が」

〝門前の小僧習わぬ経を読む〟と言う通り、Kさんは自分の母親が日々唱える祈祷の文言をいつの間にか覚えてしまっており、現在もその文言を用いて時にお祓いのようなことをしているのだと語った。

「だから、あの日しょんぼりと帰る二人の様子を見て、何だか妙な気持になってね。もしかしたら本当に何かあるのかもなって」


例の出来事から半年後、春先になってから二人は再び寺にやってきた。

あの日のような、どこか異質で警戒心を抱かせるような雰囲気はなく、落ち着きのなかった妹も静やかな様子であった。

その日、二人が語った内容は、おおまかに以下のようなものである。

「私たちは、この体に生まれる前、野山の畜生として生きていた。その際に故あって人に祟りを成し、本来であれば地獄に落されるところを、今の貴方（Kさん）になる前の貴方に救われ、今こうして人の姿に生まれ変わることができた。是非ともご恩返しをしたいという思いから、随分前に貴方が居るはずの寺（Kさんの実家）を訪ねたが、もはやそこに寺は無かった。そして方々を訪ねまわり、やっと貴方を見つけ出すことが出来た。嬉しさのあまり先日は非常識な申し出をしてしまい誠に申し訳なく思っているが、この思いは二人が幼い頃から抱いていた真実のものであるということだけは申しあげておきたい」

やはり突飛な、おいそれとは信じ難い内容ではあったものの〝弟子入り〟は諦めるということを真っ先に明言された上での話であったため、Kさんは落ち着いてその話を聞いた。

二人は続ける。

「本当に幼い頃から、ご恩返しできる日を思い、そのためだけに生きて来たといってもいい現状、それが叶わないのであれば、この思いからこの娘たちを解き放ちたい。ために貴方が、あの時に唱えた文言をもう一度聞かせて欲しい」

〝あの時〟がどの時なのかは分からない、しかしKさんはその申し出を受けた。

寺の本堂に二人を案内し、袈裟に着替えて〝母親の祈祷文言〟を唱える。

すると、さっきまで神妙にしていた妹が嬉しそうにクルクルと踊りだした。

その隣では、姉が静かに涙を流し手を合わせている。

Kさんは、何が何だかわからないまま、しかし割と楽しいような気持ちで文言を唱え続けた。

祈祷が終わると、二人はどこか浮かない顔をしながら足早に寺を去っていった。

狐につままれたような、そんな様子だったそうだ。

「まぁ〝晴れた〟んだろうね。彼女らの言う〝思い〟が」

後日、里帰りの際に、Kさんは自身の地元で例の〝妹〟を見かけた。

試しに声をかけてみると明らかに怪訝《けげん》な表情をされ、会ったことも無い人のような扱いを受けたという。

昔住んでいた家

「最後は父が一人で住んでいて、それがもう八年前かな」

Tさんは五十代の主婦である、自身の体験談を話してくれた。

彼女の実家は、東北地方某県の山間部にある。

居間や台所の他に、二十畳の座敷が五つ六つはあるお宅とのことなので、相当広い家だ。

三人姉弟の長女であるTさんは、父親の死後、その家の管理をしている。

弟たちは東京でそれぞれ世帯を持っているため、もう田舎で暮らすことは無いだろうということで、地元に暮らす彼女が実家を相続したのだという。

「でも、私は私で嫁いで同じ市内に別な家があるからね。実家は今、誰も住んでいない空き家になっているのよ」

広い家であっても造りは古く、現在のライフスタイルには馴染まないと感じているそうだ。

「夏は涼しくていいんだけど冬になると寒くってね。一部屋一部屋天井も高いし、古い家だから気密性も低くって、暖房費だけ考えても住むのは現実的じゃないと思うの」

瓦葺き二階建ての大きな家は、主が不在のまま年月を重ねている。

三年ほど前の深夜、Tさんの家の電話が鳴った。

眠い目を擦りながら電話に出ると、実家のある地区に住む知人からである。

「明かりが点いているようだっていうの。普段はブレーカーを落としてあるし、こんな時間に電気が点いているなんていうことはないから、不審に思って連絡をくれたようで」

その日は折しも父親の命日であったため、Tさんは昼間に実家を訪れて掃除をし、仏壇に手を合わせて来たところだった。

「あれ？　もしかして電気を消し忘れたかなって。ブレーカーを落としてきた記憶はあったんだけれど〝明かりが点いている〟って話が来た以上、そうとしか考えられなくて」

広く、天井も高い家であるから、掃除の際などは昼間でも蛍光灯を点ける必要があった。

「明日になってからでもいいやと思ったんだけど、旦那に話したら〝泥棒だったらどうする〟って言われて、二人で実家へ向かったんだよ」

旦那さんと共に車に乗り込み、片道二十分程の距離を走る。

「泥棒だったら、わざわざ電気を点けるようなマネはしないと思っていたし、きっと私の消し忘れなんだろうって、特に心配はしていなかったね」

車の先に、実家が見えてくる。

確かに、明かりが点いていた。


納屋の前に車を停めると、二人で玄関に向かう。

辺りはシーンとしていて、田んぼを挟んだずっと奥に、電話をくれた知人の家が見えた。

「近所っていっても、お隣ってわけじゃないのよ。家から一番近くってだけ」

玄関の鍵を開け、中の様子を伺う。

静まり返った屋内、人の気配はない。

居間には、蛍光灯の明かりが煌々《こうこう》と点いている。

「大丈夫そうだねって二人で話して、やっぱり電気の消し忘れだったんだなと」

念のため、旦那さんは二階の様子を見てくるという。

それぞれ手に懐中電灯を持ち、Tさんは台所の奥へブレーカーを落としに、旦那さんは二階へ見回りに向かった。

居間から漏れる明かりと懐中電灯の光を頼りに、台所の勝手口にあるブレーカーを落とそうとしたTさんだったが、不思議なことに気付いた。

「ブレーカー、落ちていたんだよね」

瞬間、誰かが息を吹きかけたように居間の蛍光灯が明滅し、消えた。

リィイイン

座敷の奥にある、仏壇の鈴が鳴った。

同時に、家の奥からドタドタと音が聞こえたかと思うと、Tさんの顔に光が当たる。

旦那さんだった。

「おい、早く外出るぞ、急げ」小声でそう言った旦那の様子は、明らかに焦っていた。

Tさんに緊張が走る、もしや本当に泥棒が居たのか？

すると再び――

リィィイン

状況が呑み込めないまま、立ち尽くす。

リィィイン
リィイン
リィイン
リン
リン
リン

鈴の音が断続的に、切れ目なく聞こえ始めた。
仏間のある真っ暗な座敷に響き渡る鈴の音。

「早く！」

叫ぶようにそう言った旦那さんに手を引かれ歩き出したTさんは、廊下から音の聞こえる座敷の方を見やった。

広い座敷の畳の上に、ずらっと人が正座している。

十人どころではない、二十人、三十人。

「ああ、これは怖いなって」

靴を手で持って外に飛び出し、二人は、裸足《はだし》のまま車に乗り込んだ。

鍵をかけ忘れた、と思い旦那さんにそれを伝えると「それどころじゃないだろう！」と怒鳴られ、そのまま実家を後にした。

「旦那が見に行った二階にも人が座っていたって」

旦那さんが二階にたどり着き、部屋の中をのぞき込むと何十人もの人間が向き合うように並び、黙って座っている。

暗くて顔までは確認できなかったが、ハッキリ人だとわかった。

予想外の事態に狼狽し、旦那さんはそろそろと階段を下りる。

しかし下りた階段のすぐ横、一階の座敷にもまた人、人、人――。

腰が抜けそうになるのを堪え、思い切って懐中電灯で照らしてみると、それらは一斉に旦那さんに顔を向けた。

全員が、全く同じ顔をしている。

悲鳴が漏れそうになった瞬間に、鈴が響いた。

同時に駈け出し、Tさんに声をかけたのだという。


「あれ以来、旦那は私の実家に近寄ろうとしなくなっちゃった。どうせ使わない家だから取り壊してしまおうかって話もしたんだけれど『祟られたらどうする』って言われて、それもできないのよ」

苦笑しながら、Tさんが語る。

「私は、もともとあの家の生まれだから、旦那が感じている程には多分怖くないんだと思う。あの出来事があってからも、昼間であれば一人で掃除に行ったりしているしね」


旦那さんがみた〝人物の顔〟について訊いてみた。

「それがね、覚えていないって言うの。ただただ『全員同じ顔だったぞ！』って」

ご先祖様だったのかも知れないけど、私が見たわけじゃないから、人物の特定はできないんだよね、とTさんは言った。

歴史ある宿

十年以上前のこと。

Rさんは、一人である温泉宿に泊まっていた。

「今風に言えば〝自分へのご褒美〟ってやつ。まあ趣味だな」

部屋数は少なく十室程度。ゆったり過ごせる分、宿泊費はいくらか割高。

ただ温泉の泉質は好みのものであり、食事も予想していたより上等なモノが出て来た。

「一泊じゃなくて二泊にしとけばよかったなって思ったよ」

宿の建物は古く木製であり、廊下を歩けばギシギシと音がした。

「コンクリートの建物は疲れるだろ、多少古くっても木の建物はいいよ柔らかくって」

鄙《ひな》びた雰囲気を満喫し、眠る前に一風呂浴びると床に就いた。

〝あはははは、おお～いいぞ〟

どこかから宴会でもやっているような音が聞こえ、目が覚めた。

「こんな夜中に喧《やかま》しい、何時だと思っているんだ」

時計を見れば零時を過ぎている。

折角のいい思い出が台無しになるなと思いつつ、部屋を出て便所へ向かった。

薄暗い廊下を進んで用を足していると、ふと気づく。

「あれ、そう言えば静かだったな」

便所までの廊下を歩いているうちは、先ほどの喧騒は聞こえてこなかった。

「他の宿の音が流れてきたんだろうか？」

Rさんはてっきり自分が投宿している宿の中で騒がれているのだと思っていたが違ったようだ。考えてみれば、受付の際に「本日は殆ど貸切みたいなもんですよ」と宿の主人が言っていたっけ。

手厚くもてなしてくれている宿に不信感を持ったことを悔いながら、便所を出た。

宿の外は雪景色、中庭には、深々と雪が舞っている。

部屋の前まで来て、横開きの戸に手をかけた。
〝はい！　よいしょ！　よいしょ！〟
自身の寝室の中から、先ほどの喧騒が聞こえて来る。
『本日は、殆ど貸切みたいなものですよ』
宿の主人の言葉を再び思い出し、階下のフロントに向かった。
主人は帳簿を前にうたたねをしている。
経緯を話すと「歴史ある宿ですから」と一言。
部屋を変えることもできると提案されたが、Rさんは断った。
「なんとなく無粋な気もしてな。部屋に戻ったら元通りだったし」
翌朝目覚めると、二日酔いのように頭が痛んだという。

藪に弁当で地蔵

　F君が小学校四年生の時の話。

　彼の通う小学校には「手作り弁当の日」があった。

「今は違うらしいですけど、当時はそうだったんですよ。毎週金曜日に生徒は弁当を持って登校するんです」

　好き嫌いが激しく、給食を残しがちだった彼は、金曜日を待ち遠しく思っていた。

「弁当の日は、校内であればどの場所で食べても良いってルールでした。ちょっとしたピクニック気分で、好きなオカズだけ入ったものを食べられるってのは楽しかったです」

　殆どの生徒が、F君のように母親に作ってもらった弁当を持参していたが、クラスメイトのL君だけはいつもコンビニ弁当。

「周りの皆がね、色々工夫を凝らされた弁当を見せ合ったりしている中で、一人だけコンビニ弁当を食べるのは子供心に苦痛だったんでしょう」

L君は、自分が持ってきた弁当を全く食べなかった。

皆が弁当を食べている時間、彼は一人でサッカーボールを蹴っていたという。

お昼の時間が過ぎると、手付かずのコンビニ弁当を下駄箱に隠し、下校時に持ち帰る。

「それをね、投げ捨てるんですよ」

通学路の途中にある薮に向かって、あたかも楽しそうにL君は弁当を投げ捨てた。

帰り道が一緒だったF君は、たびたびその光景を目撃していたそうだ。

「わざと偽悪的に振舞って〝弁当を作ってもらえない可哀想な子供〟っていう周囲の目を振り払いたかったのかなって今は思います。口は笑っているけど目は笑っていなかった」

その日も、L君は薮に向かって弁当を投げ捨てた。

トレイの中から食べ物が飛び出し、散らばりながら傾斜のある薮に落ちていく。

F君は薮に消えていく弁当と、それを投げ捨てた張本人を黙って見つめていたが、気づけば何だか様子がおかしい。

「弁当を投げた姿勢のまま、固まって動かなくなってしまったんです」

「どうしたの？」と声をかけるも反応がない、不安を覚えたF君が近寄って肩を揺さぶる。

同時に、L君はその場にへたりこんでしまい、ゼイゼイと呼吸を荒げ、泣き出した。

「大丈夫？」再び声をかけるが、L君は真っ青な顔で「お地蔵さんが、お地蔵さんが」という言葉をうわ言のように繰り返すのみ。

「どうしようって、僕も混乱しました。近くに知り合いの家があるわけでもなかったですし。そもそも田舎道ですからね、丁度よく人が歩いているわけもなく……」

今にも倒れてしまいそうなL君の周りでオロオロしながら、自分も泣き出しそうになってきたF君の耳に、藪の方から声が聞こえた。


『すまさんぞ』

えっ⁉ っと思い、彼が藪の方を見ると同時に、L君は無言で駆け出した。
えっ⁉ えっ⁉ 全く状況を掴めないまま、F君もまた、半泣きで駆け出す。
「僕は学校に向かって走り出してました、L君とは逆方向です。何故かはわかりません。

声が聞こえたのも不思議でしたが、何で学校に向かって走るのかわからないままに走っていた状況の方が、僕としては不思議で……」

学校にいったん戻ると、今度は藪の前を通らずに遠回りして帰宅した。

そしてその日が、L君を見た最後の日となる。

次の日も、その次の日も、L君は学校へ来なかった。

担任の先生もなぜ休んでいるのか理由を教えてはくれず、そしてそのまま、彼は転校した。

「それから、何か月か経って、あの藪の所にお地蔵さんが建ったんですよ。事故があったとか、誰かが亡くなったとか、そういうわけでもないのに……」

お地蔵さんは、それから半年も経たずに何故か撤去されたという。

関係はわからない

T先生は当時、福島にある某病院に勤務していた。

近くに一戸建ての住宅を借り、奥さんと二人で住んでいたそうだ。

通勤の際には自転車を用い、十五分程の道のりを進む。

病院のすぐ隣には神社があり、ちょうどその境内を横切ると病院の敷地内に近かったため、毎日のようにそこを走り抜けていた。

「秋頃だったと思う。いつものように神社の境内で自転車を漕いでいたら、端っこの藪になっている辺りに、首から上だけの石膏像のようなものが置いてあったんだ」

美術の時間、デッサンに使うような首像。

「何でこんな所にこんなものがって思ってね、不思議だなと」

あくる日も、その次の日も、石膏像は同じ場所に同じように佇んでいた。

像を見つけて四日目、病院から帰宅の際、自転車のカゴに乗せて家に持ち帰った。

「きっと、誰かが厄払いか何かのために、境内に放棄したものだろうと思ったんだよ。神社の人が意図的に置いているものではないんだろうなと」

普段からお化け話は好きだが、霊感などなく、幽霊が見られないのを残念に思っていた。

「だから、そういうモノを家に持ち帰ったら何か見られるんじゃないかと、興味本位で」

帰宅後、奥さんにその像を見せ経緯を語ると〝そんな気持ちの悪いものを家に入れないで〟と訴えられ、T先生は仕方なく石膏像を自宅の庭に置いた。

——その日の晩。

「いや、何も無かったよ。何かあるかも知れないと身構えていたのが悪かったのか、期待したような幽霊が出るとかそういう現象は起きなかった」


朝、目覚めると、拍子抜けした気持ちで出勤の用意をし、玄関を開けた。

〝ドン！〟

音がした方を見やると、例の石膏像が横倒しになっている。ちょうど右のコメカミから頭部にかけてひび割れが生じ、痛々しいありさま。

「そもそも、そんな所に置いてなんていなかったんだ。目立たないように、庭の隅に隠すみたいにしていたのに……」

自分よりも早く起きていた奥さんに訊いてみようかとも思ったが、それをすると朝から諍《いさか》いになるような気がした。

先生は石膏像を持ち上げると、黙って庭の倉庫にしまい、自転車に乗った。

「ホントならその日のうちに神社に戻すつもりでいたんだけれど、壊しちゃった手前、気が咎《とが》めてね。帰ってきたらある程度修復して、その上で神社に持って行こうって」

病院に着いて、医局でのミーティングを終える。

「同僚と談笑していた記憶はあるんだよ、でもそこから意識が飛んだ」

気が付けばベッドの上。左腕には点滴が刺さっている。

周囲を見渡すと、窓からの西日で部屋が真っ赤だった。

自分が勤めている病院のどこかであろうことは何となくわかったが、なぜこのような状況に陥っているのか見当もつかない。

ぼんやりとした意識のまま、枕もとのナースコールを押すと、見覚えのある看護師がやってきて状況を説明してくれた。

「ミーティングの後に、急に意識を失って倒れてしまったらしい」

既に様々な検査が行われ、自宅にも連絡が付いているという。

「きっとお疲れなんですよ、ゆっくり休んで下さい」

看護師はそう言うと、体温を測って部屋を出ていった。

四十度近い高熱。強烈な倦怠《けんたい》感で身動きもままならない。

見渡せば着替えやタオルなどがベッドサイドに置かれている。

「妻が来ていたのにも気づかなかったんだ」

下半身からは排尿のためのフォーレが伸びていた。

「殆ど昏睡状態だったんだと思う、参ったなあって」

日が落ちてから、主治医となった同僚が病状説明のため部屋を訪れた。

「全くの原因不明だって笑われたよ」

脳の検査はもちろん、血液検査に至るまで殆ど異常はなかった。

「白血球の数値がいくらか上がっているぐらい。低血糖によるものかと自分では思っていたんだけど、血糖値も普通」

それがかえって不気味に感じられたと先生は語る。

「普通はね、何か原因があるものなんだ。まるまる半日も意識不明で検査結果に異常がないってことの方が異常」


「お前、頭ぶつけるか何かしたか?」

同僚にそう問われ、ピンと来た。

「ああ?　これはもしかして〝そういうこと?〟って」

自分の頭はぶつけていない、しかし……。

「朝、あの像をゴチンとやったなと」

一週間の入院の後、先生は自宅へ帰った。

家に着いて一番最初に確認したのは倉庫の中、例の像である。

「もしかしたら消えて無くなっているかも知れないなって、恐る恐る倉庫の扉を開けた」

像は、一週間前に先生がそうしたまま、そこにあった。

ヒビ割れた頭部に接着剤を薄く塗ると、その日のうちに神社に戻したそうだ。

「いわゆる〝バチ〟っていうやつだったのかなぁ。てっきり幽霊とか、怪奇現象とかが起こるのかと思いきや、いきなりの肉体攻撃ってのは、何か世知辛《せちがら》いけど」


その後は、特に何も起きなかったが、気になって神社のことを調べてみたという。

「〝朱《しゅ》の盆《ぼん》〟っていう妖怪が出たっていう話があるんだって、その神社。正確に言えばその神社の周辺になるのかな」

しかし、朱の盆の話と今回の話とは、いささか異なり過ぎているように思える。

「赤い顔の妖怪の話なんだよね、朱の盆。真っ赤な顔をした妖怪が出るの。僕の顔が高熱で真っ赤になっちゃってたっていうのはこれ、共通点じゃない？」

石膏像は、神社に戻した次の日には無くなっていたらしい。

時代は変わって

「だからさ、私が欲しいのはそういう定型に乗っ取った的外れなアドバイスではないわけじゃない？　困って困って相談しているわけなんだし」

「それはそうですね……」

「五千円は包んでいるんだよ、お金取ったらそれはもうプロでしょ？　半端なことしちゃダメだと思うんだよね」

「貴女の仰ることは俺だってわかっているつもりですよ」

「わかってないからこんな話聞きに来てるんでしょ？　わかってたらそもそもこんな話を書いて、面白おかしく商売になんてしないよ」

「その辺は、最初にお断りした通り、こちらも最早《もはや》単なる趣味っていうわけにはいかなくなってますので、読者の方々にちゃんと伝わるように手は尽くしますよ。面白おかしくと言っても、それはあくまで例え話であって――」

「よくわかんない、それで……小田さんでしたっけ？　は私がこうやって話していることを信じてくれているんですか？」

「もちろん、それを前提にこうやってお話を伺っているわけですから〝視える〟ということに関しては嘘だとは思ってません」

「そうじゃなくて、私が〝視ているもの〟が実際に存在するって信じているんですか？」

「それは……」

「私に病院受診を勧めた人もそうでしたよ『少なくとも視えていることは事実なんだろうから、病院に行って、それを視えなくすることへのアプローチはできるんじゃないか』って、でもそれって私からしてみれば何の解決にもなってないの」

「ああ……」

「沢山《たくさん》の犬のフンに砂かけて見えないようにしているだけの道を〝綺麗な道だから歩け〟って言われて歩きますか？　視えなくなったから〝もう大丈夫〟っていうわけじゃないじゃないですか？」

「そうですね……」

「そもそも何処《どこ》にも相談できないし、誰に言っても信じて貰えないし、病院に行っても薬飲まされて体をダルくさせられるだけ、それってさ、根本的に〝そんなものはない〟っていう前提があるからでしょ？」

「大多数の人間は視えないんですから、それは仕方がないんじゃないですか？」

「だから、そういうことを簡単に言わないで、アナタもプロなんだったら」

「すみません」

「大多数の人間が視えないなんてことはわかってるんですよ、でもだからといって〝それ〟が無いってことは言えないでしょ？」

「ええ」

「認知機能の問題だったら、しっかりそれを説明して欲しいんです。認知機能の問題で車が燃えたり、友達が死んだり、見ず知らずの人間に包丁持って追いかけられたりするんだったら」

「でもそれは、一概に〝視える〟っていうことと関連付けなくても良くないですか？　なんでもかんでもそのせいにしてしまったら、それはかえって孤立を招くだ――」

「だから、何度も何度も言ってますけど、そんなことはわかってるんですよ。こうやって喋っているのだって○○ちゃんからの紹介でどうしてもって言われたからであって、普段はわざわざこんな話しません」

「すみません……」

「私が困っているのは、私が〝視える〟上に、その視えたものと出来事とを関連付けて考えなきゃならないような事象を観測しているからです、馬鹿にしないで下さい」

「……」

「燃えてる車にも乗ってましたし、友達の葬儀の時はずっと遺影の隣に並んでましたし、包丁持った人間の後ろにも居たんですよ？　あの影」

「……」

「それを視ている私が、その出来事と関連付けて考えない方が馬鹿みたいじゃない」

「確かに……」

「だからね、さっきも言った通り相談しに行ったら『結婚すれば治まる』って、言われたんです、こっちはもう離婚してるっていうのに」

「結婚すれば治まるっていうのは、この地方の伝統的な霊媒師のセリフとしては非常に一般的なものですね、特に未婚の女の人に関して言えば、ほぼ百パーセントそう言われるようです。それぞれ別な霊能者に相談しているのに同じことを言われたって人は多い」

「すごく安易なアドバイスだと思いませんか？　これって多分、出どころっていうか考え方の根っこは皆同じところから来ているんだと思うんです」

「というのは？」

「未婚の女であれば欲求不満でストレスだらけだろうから、結婚して精神的に満たされれば自然とそういう風なものは視えなくなるっていう、そういう考えだと思います」

「なるほど」

「あるいは結婚生活で旦那の家に入れば、色々と気苦労も多いだろうから変なモノが視えても四の五の言っていられなくなるとか」

「ああ」

「考え方が古いんですよ、何十年も昔じゃないんです。何回も離婚したり、あるいは最初から結婚なんてしない女性は今の世の中それこそ沢山いるんですから」

「そうですね……」

「昔はそれで済んでいたことであっても、もう通用しない理屈。何時の時代の話？　って」

「あぁ……」

「でもそう考えると昔の人たちだってそんな〝悪霊〟みたいなものが居るなんて思ってなかったってことではあるんでしょうね、逆に考えれば」

「まぁ、そうなりますかね」

「結局、ヒステリーみたいなものだと考えられてて、じゃあそれをどうやって落ち着かせるかっていうところの結論が〝結婚〟なんだとしたらホントに身も蓋《ふた》もないっていうか」

「あはは」

「笑い事じゃないですよ？　例えばそれを男の霊能者が言っているっていうんだったらまだ話はわかります、目の前の娘を騙して思い通りにしようって意図があるんだろうなって。でも私の場合は女の人でしたからね、おばちゃん」

「……」

「昔からのイタコみたいな人に弟子入りして、難しい修行みたいなことをしてきたっていう」

「……」

「だから多分、その人が習ってきた理屈も相当古いんですよ、今のものじゃなくて」

「ああ」

「百歩も二百歩も譲って、例えば、仮に、ホントにそういったものがヒステリーとか精神的な不調とか、そういうのに起因する〝症状〟なのであれば、それを解決してきた文化的な装置が、今では機能しなくなっているんだと思います」

「霊媒師とかがっていうことですか？」

「そう、そういう人たちが時代的な価値の流れっていうか、そういったものに付いて行けなくなってる」

「なるほど」

「多分、私みたいな人間は病院に連れて行かれることの方が増えたからなんでしょうね、病院を否定するわけではないですけど、結果的にそういった人の所に相談に行く人間の数が減っちゃったから、ある意味で適当にやっても成り立つようになったっていうのがあるのかな、だから質が落ちちゃった」

「勉強になります」

「ていうか勉強してください、こっちはもっと色んな話ができるかと思って、いくらか期待して来ているんですから」

「スミマセン」

「何が何なのか、科学的に証明できないようなものを扱うっていうのは本来ものすごく危険なことですよ？　制御できないんですから」

「……」

「それを、読み手への影響とか、危険性とかを考えずに安易に発表してしまうっていうことをもっと考えないと」

「そうですね……」

「アナタのことですよ？　他人事じゃなくって」

「すみません」

「もう、私みたいな人間は理論武装するしかないんです。気を緩《ゆる》めて誰かに相談する度に、騙されそうになったり、病院に引っ張って行かれそうになるんですから」

「……」

「きっと、伝統ある霊能者的な人たちの系譜の一番先頭に居た人なんかは、理論的なタイプだったんだと思うんです、実際『結婚すれば治る』っていうフレーズは、今でこそ無効かも知れないけど、昔の日本の社会状況に照らし合わせて考えてみれば相当有効性の高いものだっていうのは私でもわかりますし」

「……」

「だから、こういった話を取り扱う人間は勉強しなきゃダメですよ？　考えなくちゃダメ。かなり色んな話を聞いてきたって仰ってましたけど、それだけ状況が溢れ返っているっていうことは、文化的な側面からの自浄作用が失われているってことですからね」

「確かに、状況として当たり前な話であればそもそも話題にすらならないわけで……」

「〝怪異〟は日常から切り離された時が一番怖いんです、砂に隠された犬のフンを踏みまくるような状況になっちゃうんだから、色々な意味で怖いものになっちゃう」

「ええ」

「スピ系女子とかね、ホントどうかしてる。そんな生ぬるいもんじゃないですよ、幽霊も世の中も」

「……」

「だから気を付けて下さいね、これ冗談でなく言いますけど、アナタの後ろ、黒いのが居ますよ」

「……」

そしてそれを解決できる第三者なんて、何処を探しても、もういませんよ絶対。

消えたボール

九十年代初頭。

当時A君たちは広場で野球をして遊ぶことが多かったそうだ。

「野球つってもグローブ使ってするようなのじゃなくてさ。プラスチックのバットにビニールテープをグルグル巻きにして重さをつけたもので、ゴムボールを打つっていうやつ。ルールは普通の野球と同じだよ」

学校が終わると、学年関係なく十数人が広場に集まって、日暮れまで夢中になって遊んでいたという。

秋頃のこと。

夕方、いつも通りのメンツで野球をしていると、突然「バシャ!」という音とともに、ゴムボールが水しぶきを上げて弾けた。

「皆が〝はあ？〟って顔してたな」

周囲には木工に使うボンドのような酸っぱい臭いが広がり、飛沫を浴びたバッターは近くの水道へ駆け込んだ。

すると、一緒に遊んでいた三～四人の子供が「今何投げた？」と言ってピッチャーをしていたA君に詰め寄って来る。

「何投げたって、ゴムボールに決まってるんだけどさ」

詰め寄ってきた子供らは「いやあれネズミか何かみたいだったぞ、動いてたもん」と言う。

他の子供たちはポカンとしたまま状況を飲み込めずにいる。

押し問答の末に「ネズミなど投げるわけがない」という話で決着が付いたものの、使用していたゴムボールは弾け飛んだ上に残骸すら残らず、臭いが取れなかったバッターは半べそになって家に帰って行った。

「それから何となく皆を野球に誘い難くなってさ、もっぱらテレビゲームで遊ぶようになったな」

どういうことだと思う？　とA君に聞かれたが、わからないと答える他なかった。

縁が出来たんだろうな

その年の三月、Ｊさんは引っ越しをした。

「仕事の関係で隣県に転属になったからさ、それまで住んでた賃貸マンションを引き払って、今度は小さい一軒家に移ったの。セキュリティの面では不安もあったんだけど、庭付きで駐車場代がかからないし、立地も悪くなかったから」

その家のリフォームが済んで初めての入居者がＪさんだった。

「壁も床もキレイでね、それで前のマンションよりも賃料は安かったから殆ど即決」

しばらくの間は、何の問題もなく過ごせた。

「新しい職場も馴染みやすかったし、新天地にしてはストレスフリーで過ごせてたと思う」

何となく違和感を持ち始めたのは、七月に入った頃。

「部屋に居るとさ、ドキドキって動悸がしてくるのよね」

疲れているわけでもなく、精神的な緊張を自覚しているわけでもない。

「胸が苦しいとか、痛みがあるとかっていうのは無かったけど、一応病院に行って」

心電図を二十四時間測定する機械を付けてもらい、検査した。

「『異常はないですね』って、心配しなくても大丈夫って言われて」

しかし、日を追うごとに動悸は激しく、頻回に起こるようになった。

「それにプラスして息苦しい感じが出てきたの。吸っても吸っても、空気が肺に入っていかないような感じ」

不思議なことに、それらの症状は一人で家に居る時にだけ生じ、職場や出先、あるいは家に誰か友達が居るような時は何も起こらない。

「心臓には異常は無いって言われたから、じゃあやっぱり精神的なものなのかなと」

新しい環境に馴染むために、知らずに精神的な疲労が溜まって居たのかもしれない。

「中学生の時に何度も過呼吸を起こしていたの、私。今回もどうもそれっぽいかなって」

当時は両親の不仲や学校での人間関係に悩んでおり、そのストレスが原因だった。

保健の先生が『過呼吸で死んじゃったりはしないから、大丈夫』と言って、手を握っては励ましてくれたという。

ただ、中学生だった当時は所構わず起きていた過呼吸が今回は家の中でしか起こらない。

「家に居なければさ、大丈夫なんだよね」

そのため、できるだけ家には居ないようにした。

平日は、終業後も寄り道をして帰ったし、休日などはできるだけ外に出かけるようにしたのだそうだ。

外に出ている間は、やはり動悸も過呼吸も起こらなかった。

「だけどね、怖いこと…… 私にとっては怖いことが起きはじめて……」

一人で外出していてもつまらないなと思い、友人や同僚に声をかけて一緒に過ごすようにしていると、決まって連れて行かれる場所があった。

「お墓なの」

〝家族の命日だから、ちょっとだけお線香上げに寄っていっていい？〟

〝ちょっと環境はアレだけど、街が一望できるから〟

〝あの石段、中学校の時によく走らされたんだよねえ、見に行こう〟

それぞれ違う人間が、それぞれ違った理由で彼女を〝墓地〟へ連れて行った。

毎回毎回、同じお寺の同じ墓地へ、である。

「段々と怖くなって来たんだ。確かにその町の人間には馴染みのある場所なのかも知れないけど、外から来た私にしてみればお墓なんてそんなに頻繁に行く場所じゃないから……」

最後には——。

〝いや、何でだか分からないけど何となく来ちゃった、何でだろ？〟

特別な理由もなく、連れて行かれた。

「やっぱりそうなのかなぁ、やっぱり行くのかなぁって思ってたら、ホントにやっぱりお墓に着いて…… しかも何の理由もなく〝何となく〟って」

何故かはわからないが、呼ばれているのだろう。

何かやらなければならないのだろう。

信心深いJさんは、そう思った。

「それで、私なりに考えて……」

その墓地へ自ら一人で赴き、無縁仏の供養塔に線香をたむけ手を合わせる。

後ろには古い墓石が山と積まれており、現代的な意匠の供養塔とは異様な対比。

怖気《おじけ》づきつつも、何回かそこへ通って死者の冥福を祈った。

「だって、そんなことぐらいしか思いつかないじゃない普通」

その行為が報われたのか、以後〝墓地〟へ連れて行かれることは無くなり、それどころか例の動悸や過呼吸すら起こらなくなった。

「不思議だなって。何か関係があったのかなと思ったりもしたよ」

その後も、春と秋の彼岸に、縁もゆかりもないその供養塔へ出向いて線香を上げた。


引っ越して三年が経とうとしていた頃だった。

春彼岸に合わせて、最早恒例行事と化した〝供養塔へのお参り〟をしていると、作務衣姿で禿頭の男に声をかけられた。

この墓地の管理人であり、寺の住職であるという。

無縁仏に手を合わせる若者を珍しく思ったようだ。

「何処のお嬢さんかね？」

住職に問われ、Jさんは軽く自己紹介をした。

「そうかそうか。この町の何処にお住まいで？」

自分の借家の住所を告げると、住職は言った。

「ああ、○○さんの所か。ホレそこ、あの辺に積みあがっている墓石は、もともとその土地に建っていたものだよ」

え？　ホントに？

冗談めかして言う住職に訊ねた。

「本当にですか？　本当にあの場所に墓地があったんですか？」

彼女の真剣な様子を見て取った住職は『失敗した』とでも言いたげな表情でペロっと舌をだし、更に冗談めかして言う。

「墓地というよりも、個人のお墓だったんだろうね。○○さんは土地の持ち主ではあったけれど、その墓の由来は知らなかったようでね、あの平屋を建てる際に、うちでご供養したんです。大丈夫、しっかり供養しているから」

思いがけず自分の住み家と今現在目の前にしている場所の共通点を知った。

「納得半分、怖いの半分」

しかし、手を合わせるようになってからは実際、何も問題は起こっていない。

「この町に住んでいる間は、続けようって」

以後、都合三回、秋と春に線香を上げた。


再び、元居た街へ転属になったのはそれから二年後のこと。

引っ越し当初は色々あったが、おおむね順調な暮らしぶりだったことに満足していた。

借家を引き払う手続きをし、次の住み家を探す。

ちょうどよく、以前住んでいた賃貸マンションの同じ部屋が空いていた。

「もう、前回のようなことはこりごりだったから、その部屋に決めたんだ」

自分自身が住んでいたことで、その部屋の信頼性は証明されている。

「それで、引っ越したんだけど……」

再び、過呼吸。

「もう何でって」

何で何でとイラ立ちながら、もしやと思った。

休日を使って、隣県にある例の寺に向かう。

「嫌だったけど」

手を合わせ帰って来ると、過呼吸はピタリと止んだ。

しかしその後、彼岸に合わせ線香を上げないと、過呼吸が起きるようになった。

彼女は、今年も供養塔へ線香を上げに行ったという。

「深くは考えないようにして、過呼吸を治めるご利益があるんだなぐらいに捉えてるの。この話、書いてもいいけど怖いように書いたら怒るよ？　深くは考えないで下さい」

私は怖くない怪談を書くことには定評があると伝え、書かせていただいた。

横たわっている

数年前のこと。

R君は、自分の勤める会社の窓から外を眺めていた。

ふと、目を向けている景色に違和感を持ったという。

「あれっと思ったんですよ、それで目を凝らしてみたら……」

会社の向かい側の空き地に、誰かが横になっている。

外国人のようにスラッとした長身で、ずいぶん立派な背広姿。

そんな男が、あたかも眠るように地面に体を横たえていた。

具合でも悪くしたのか⁉　と思い、側に駆けつけようか迷っていると、妙なことに気づいた。

「その空き地は宅地の造成工事中で、工事関係者が数人居たんです」

もっとも、男のすぐ側というわけではない。

コンビニが二個分はある面積の空き地に、五、六人が点在している状況。

しかし、あれだけ大きな人間が横たわっているのに気づかないハズはない。

不思議に思い、目を離せなくなったR君は、その状況を観察し続けた。

「まさか死んでいるわけじゃないよな？　って、自分に言い聞かせていました」

背広姿の男は寝返りも打たず、目を瞑って仰向けになっている。

もし何らかのイレギュラーな状況なのであれば、空き地で作業中の工事関係者が放っておくわけがない、流石に気づいていないということもないだろうし……。

だとすれば、あれは何なのか？

何で冬の寒空の下、背広姿で寝そべっているのか？

——興味深い。

とうとう我慢しきれなくなり、行ってみることにした。

四階建てビルの一番上階にあった会社から空き地までは、二〜三分程度の距離。

階段を駆け下りると、小走りで急ぐ、しかし。

「居ないんです、寝ていた男」

自分が目を離した二〜三分の間に、どこかへ立ち去ってしまったんだろうか？

首を捻《ひね》りながら会社へ戻ると、再び窓から空き地を見下ろす。

「やっぱり寝てるんですよ、さっきは居なかったのに」

どういうことだ？　と更に首を捻る。

男は、先ほどまでR君が見下ろしていた時と同じような格好で同じように横になっていた。

もう一度、下に降りてみたという。

――いない。

周囲を見回してみてもそれらしき男の姿はない。

会社の階段を上りながら、彼が一体どこへ行ってしまったのか考えていると、上司とすれ違った。

「何？　お前どうしたの？」

返答に窮《きゅう》しているR君に向かって、上司は不審な目を向けてきた。

「ああ、いや違うんです、ちょっと気になることがあって……」

「何だよ？　言ってみろ」

口で説明するよりも直接見てもらった方がいいと思ったR君は、上司を窓際に案内した。

やはり、男は横たわっている。

「あれです」と指差すR君に「どれだよ？」と上司。

「何度指差しても、彼は〝見えない〟と言いました。僕はてっきり言いがかりみたいにして、勤務態度を詰問されるのかなって」

——見えないハズがないのだ、自分にはしっかりと見えているのだから。


「ホントに見えるのか？」

頷くと、上司は窓の外から空き地をしげしげと眺め、言った。

「もう見ないでおけ」

R君が想像していたものとは全く違う反応だった。

しかし、どういう意味なのだろうか、放っておけと言うことか？

「あそこな、今の前の前の持ち主が自殺してるんだよ。何があったのかは知らないけど、あの土地がらみでのトラブルが原因って噂だった。それで自殺した旦那の嫁がな、怒り狂って火葬後の旦那の骨を砕いて、遺灰と一緒に撒いたんだと」

「……」

「土地全体に、まんべんなく撒いたってよ」

ということは……あれは幽霊？

冗談で言っているとは思えない上司の雰囲気に圧迫され、R君は顔が引きつった。

外を見ると、まだ男は横たわっている。


その土地には現在は建物が立っており、今も横たわっているかどうかは不明という。

会えるものなら

その日、私は茫然と目の前の箱を見つめていた。
何年も交際を続けてきた恋人の遺体がその箱に入っている。
帰宅途中の交通事故による事故死。
体の損壊状況から即死と判断された。

遺体は頭部が激しく損傷しており、棺の窓からは彼女の口元しか見えない。
封がされてある棺をあけるわけにもいかず、中が一体どのようになっているのか確認することはできなかった。

既に家族ぐるみの付き合いである。
もう少しお金が貯まったら結婚しようと約束していた。

『もう少しが長すぎたな』
何の表情も作れないままに、そう思った。
棺のすぐ横では、彼女の両親が涙を流して頭を下げている。
「申し訳ない、こんなことになって、申し訳ない」
それ以外に何も言えなくなったかのように同じ言葉を繰り返した、
謝る理由などなく、頭を下げられてもどうにもならない。
彼女が生き返ってくるわけではない。
涙も流さず立ち尽くす私に、まるでこの場で号泣しろと促しているようにすら見えた。
彼女は翌日には骨となり、葬式は遺骨を祭壇に載せて行われた。
骨になった姿を見ても、その死を受け入れられずにぼんやりを決め込む。
〝涙を流すと彼女が本当に死んでしまったことになる〟
そんな強迫観念に囚われ、納骨に至るまで一度たりとも涙を流さなかった。

それから数か月して、噂を聞いた。
〝○○峠に、女の幽霊が立っている〟

○○峠は、彼女が事故で亡くなった場所である。
これまでそんな話を聞いたことがないことを考えれば、彼女の事故を契機にして流れた噂であるのだろう。

つまり、幽霊になったということだ。

〝頭がひしゃげているらしい〟

〝目から、牛乳のような涙を流しているらしい〟

〝事故で生き残った恋人を探しているらしい〟

らしい、らしい、らしい、らしい——

面白げにそんな話をしている連中に掴みかかろうとする衝動を必死で堪えた。

だが裏腹に、こうも思った。

〝もし、本当に彼女が幽霊になっているのならば、自分に見えないはずが無い〟

事故以来避けるようにしていた○○峠を、それから毎日のように行き来した。

しかし彼女は、一向に現れない。

他所《よそ》の人間が、さも見てきたように噂を流すことが耐えられなかった。

もっと耐えられなかったのは、それを〝本当に見ている〟人間がいる場合を想定すること。

恋人でも身内でもない赤の他人が、彼女の事故後の姿を目撃している可能性を考えただけで、気が狂いそうになった。

『私だって見ていないんだ』

見たのは、綿を含んで無理に笑みを作られた口元だけ。

本当はどのようになっていたのか私は知らない、死にざまを見ていない。

外から聞こえてくる噂を耳にする度、まるで彼女に不貞を働かれたような気にすらなった。

『大概、おかしくなっている』

自覚してはいたが、理性では抑えきれない感情が溢れ出て止められない。

彼女が一方的に死んでしまっただけで、私が生きている限り恋愛関係はまだ続いている。

故にそれが噂話であろうと、嫉妬を抑え切れない。

幽霊が出やすいと言われる深夜に、毎晩峠に通った。

どこの誰とも知らない人間が備えた花や供え物は、その度に片づけた。

ここは、彼女とのかけがえのない接点になり得る場所だ。

他の人間には関わって欲しくない。

それが彼女の両親であっても。

一年間それを続けたが、結局彼女には会えなかった。

一周忌の法要の際に区切りを付け、その時に初めて涙が溢れた。


数年後、再び○○峠の噂を聞いた。

〝事故で亡くなった恋人同士の幽霊が出るらしい〟

〝供え物をすると、次の日には無くなっているらしい〟

〝女は頭がひしゃげ、男は眼球が無く、二人とも白い涙を流してうなだれているらしい〟
○○峠では、あの後に死亡事故など起きてはいない。
内容を勘案するに、どうやらあの場に通い続けた私の姿が何者かに目撃された結果、いつの間にか私自身も幽霊として位置づけられたようだ。

思わず、笑いがこぼれる。

そして、気付いた。

『恋人同士、とはどういうことだ？』

事故現場へは、たった一人で通い続けていた。

もし、その様子が幽霊じみていて噂の種になったのなら〝男の幽霊〟の目撃談が語られるのが筋であるはずだ。

しかし噂では〝恋人同士〟

つまり、男女が一人ずつ目撃されていなければならない。

――隣に居たんだ。

私には見えなかったが、見える人間には実際に生きている自分と、死んでしまった彼女の両方が見えていたのだろう。

そうでなければ説明がつかないし、それ故に、そうでなければならない。

直接見ることは叶わなかったが、確かにあの時期、あの場所で、彼女は私の横に寄り添っていたのだ。

おおよそ、ひしゃげてしまった頭を見られたくなかったというところだろう。

そんなことは気にする必要などないのに。

どんな格好であれ、死んでいようと、私が今でも愛しているのは彼女だけなのだから。

つまらないところで意地を張っている様子が生前を思わせ、より愛おしくなった。

彼女にふさわしい男でありたい、今でもそう思う。


以上は、現在四十代のTさんから伺ったお話である。

「その時に、俺がどういう気持ちであったのか周りの人間がわかるように書いてくれ」

という彼の希望により、このような形での発表となった。

彼は、自分の死に方を決めているという。

〝その時〟がいつになるかはわからないそうだ。

祟りじゃないよね

R君は、自分の祖父の影響で幼い頃から本が好きだった。

祖父の部屋には大きな本棚があり、難しい哲学の本や、分厚い専門書などがギッシリ詰まっていたそうだ。

「じいちゃんの部屋でそれを眺めているだけでも楽しかったんですよ、最初は読むマネをしているだけだったので家族によくからかわれました」

彼の祖父は町の図書館にもよく出入りしており、散歩がてら一緒に着いていくR君も図書館の職員とは顔見知りになり、可愛がられた。

そんな環境だったため、中学生に上がる頃には、彼自身もまた一端の読書家になった。

「当時は古い郷土資料をよく読んでいましたね。町の何処《どこ》には何があったとか、もともとどういう産業が行われていたのかとか、社会科の時間に知ったかぶりしていい気になれるのが病みつきになって」

そんな中で手にした一冊の本に、興味深いことが書かれていた。

「市内にある某神社の裏に、埋蔵金があるっていう」

もともと、地元の郷土史家が各所に伝わる民話などを採取してまとめたものを、自費出版して図書館に寄贈した本であったようだ。

「自分が知っている地名や場所なんかが沢山出てきて、聞いたこともないような伝説や逸話なんかが載っていたので面白い本でした」

埋蔵金に関する話も民話の一つとして収録されていた。

しかしそれにしても、埋蔵金とは。

そう思ったR君は、帰り足にその神社に寄って様子を見ることにした。

長い石段を登った小高い丘の上に小さな社が立っている。

石段の入口にある家で管理している神社のようで、境内には社務所もなにもなく静まり返っていた。

本には「○○神社の裏」という記述しかなかったため、裏は裏でもどの辺の裏なのか見当もつかずウロウロ歩き回っていると、一か所だけ不自然に地面が柔らかい場所がある。

「あれ？　って思いました。その部分だけ腐葉土が積み重なったような柔らかさで、他の地面とは明らかに違うんです」

気になって足でほじくり返してみるが、柔らかい層は随分深くまで続いているようだった。

「もしかしたら誰かが既に掘っていて、埋蔵金を見つけたのかも知れないなって」

中学生特有の逞《たくま》しい想像力が、彼の行動を後押しした。

土曜休みの日、R君はスコップを持って神社に繰り出すと、一人で一心不乱に地面を掘り返した。

「埋蔵金はもう見つかってしまっているかもしれないけれど、あるいは何か取りこぼしがあるかもって思って」

掘り返した地面の中からは、黒い土や炭のようなものが出て来る。

他の地面と比べると、その周囲一メートル四方は明らかに掘りやすく、確実に誰かが一度は掘り起こしたものであると推測された。

「夢中になって掘りましたが、目ぼしいものは何も出てきませんでした」

程よく疲れたあたりで作業を止めると、掘り返した土を穴に戻した。

何の成果も得られなかったが、調べた情報を元に宝探しを決行したこと自体に得も言われぬ充実感を持ったそうだ。

「そういう仕事をする人に憧れていたんです。考古学者とか、トレジャーハンターとか」

異変が起こったのは、その日の夜。

強風が吹き荒れ、家がミシミシと鳴るほどに揺れた。

「うちはビニールハウスでイチゴの栽培をしていたので、父が慌てて外に駆け出したんです」

突風に驚きハウスの様子を見に行った父親は、何故か浮かない顔で帰ってきた。

「『風なんて吹いてねえぞ』って、外は穏やかだって言うんです」

しかしその夜、R家は何度も同じように突風に晒され、揺れた。

家族皆が不思議がる中で、唯一R君だけが嫌な予感を覚えた。

「昼間に神社の裏を掘ったのが原因なんじゃないかなって……」

子供らしい想像力といってしまえばそれまでだが、彼は本気で恐ろしかったという。

更に次の日。

「朝起きたら目が明かないんですよ、目ヤニがすごくって」

指で瞼《まぶた》を強引にこじ開けたが、今度は目を明けていられないぐらいに周囲が眩しかった。

両親にその旨を話すと、そのまま眼科へ連れて行かれた。

「はやり目（流行性角結膜炎）だって言われて、症状が落ち着くまでは学校も休まなくちゃいけなくなって」


R君は、いよいよこれは何だかマズイぞと思い出した。

昨晩の突風、今朝の眼病、どんな関係があるのかわからないが何かおかしい。

これはやはり……

「バチが当たったのかなと思って、じいちゃんに相談したんです」

両親に言えば間違いなく怒られると思っての判断だった。

祖父は半笑いで彼の弁を聞くと「んじゃあ、じいちゃんが拝んで謝ってくっから」と言って、神社に向かった。

小一時間程してから帰ってくると祖父が言う。

「神社の裏の柔らけえどごっつーのは、あの直ぐ裏のあそごが？」

他に柔らかい所などなかったのだから、祖父の言う〝あそこ〟はまず間違いなく昨日自分が穴を掘った場所であったはずだ。

そう伝えると「あそごはあれだぞ、どんと祭の時に燃した灰を埋める穴だぞ」と祖父。

「埋蔵金も何も関係なかったんです。一月に正月飾りなんかを神社の境内で燃やす行事の後で、それらの燃え残りやなんかを埋めておく穴だったんですね」

それでも神社の裏を無断で掘ってしまったこと自体は、褒められることではない。

祖父なりの戒めを込めたであろう軽いゲンコツが飛んだ。

反省しきりの孫を見て「じいちゃんが拝んできたがら大丈夫」と言うと、祖父はその場に崩れた。


救急車で病院に運ばれたが、腹部の動脈が破裂しておりそのまま亡くなったという。

「どう考えたらいいのかさっぱりわかりません。いまでこそこうやって話せていますけど当時は本当に恐ろしかったですよ。全てが繋がっているようで繋がっていないんです。神様の祟りであれば、本来は僕にもっと災厄が降りかかるべきだったんでしょうし……」

偶然の連なり、たまたまタイミングが合ってしまう、そういうこともあるのだろう。

「だからこの話、もう終わったものなのか、まだ続いているものなのかすらわからないんですよ。あれから十年以上経って、人並みに不幸も経験しましたけど未だに何かある度に思うんです。祟りじゃないよねって」

肝試し

T君は二十代の男性である。

数年前、夏に肝試しを行った際の話を聞かせてくれた。

「トラウマっすよ、トラウマ。色んな意味で」

当時、彼は夏休みを利用して田舎の実家へ帰省しており、暇を持て余していた。

仲の良い友人たちは、地元で就職しているため、大学生であるT君のように暇ではなく、声をかけても集まるのはそれぞれ終業後、夕方以降になる。

「ファミレスでダべるか、適当にドライブするか、そんな感じでしたね。それも段々飽きてきて、もう少し面白そうなことしようぜって話したのが発端」

花火やバーベキュー、そして肝試し。

「いや、幽霊とか、そういうのは別に期待してなかったっす。もともとそんなもん信じて無かったですし。盛り上がればいいっていうか、夏の風物詩的なものを味わおうみたいな感じで」

いつも一緒に遊びまわっている地元の同級生たちに声をかけ、T君を含め男性三人、女性二人という構成で車に乗り込んだ。

目的地は隣町にある河川敷。

そこには、前年の大雨による川の増水で半壊し、それ以来使用禁止のまま放置されている屋外トイレがあった。

気味の悪い噂があるわけでもない、ただの壊れたトイレである。

「シチュエーションが怖ければそれでいいと思ってたんで。幽霊を見たいわけじゃなくて、女の子たちを連れて行ってキャーキャー言わせればそれで満足っていう」

どこに行くかを考えつつ、昼間に下調べをした上での選定だった。

「盛り上げるために車ん中では適当なことを吹きましたよ。首つり自殺があったとか、便器から手が生えてるとか。色々デッチあげて」

〝どうせ作り話でしょ？〟と疑われつつも車内は適度に盛り上がり、事前の雰囲気作りは順調と言えた。


河川敷に着くと、駐車できそうなスペースに車を停め、周囲を見回す。

辺りに人影はなく、川のせせらぎだけが聞こえてくる。

「何の噂も無い所ですから、当然、肝試しに来ている他のグループなんてのも居なくって。もちろん、それも計算の内。肝試しに行ってヤンキーに絡まれたとかシャレになんないでしょ、その辺もちゃんと考えてました」

問題のトイレは河川敷の奥まった所にあるため、車を停めた場所から数分間は歩かなければならない。

途中の道のりはアスファルトで舗装された歩道であり、夜道であっても移動しやすい。

自前のライトで先を照らしつつ、賑やかに進む。

「他の奴らも、何も噂の無い場所だってことは知っていたようで、その段階では人気《ひとけ》の無い夜道を連れ立って歩くという状況そのものを楽しんでました」

いよいよ、目指すトイレが真近に迫って来る。

T君はここに来て、一瞬だけ怯んだ。

「昼間に下見に来た時と比べると、何だか気圧《けお》されるようなものを感じて」

当然のことながら電灯などは点いておらず、とにかく暗い。

改修もされないままに放置されたトイレの入り口には、膝上の高さほどの板が張られ、内部への侵入を拒んでいた。

「男子便所には個室とションベン用の便器が二つづつ、女子トイレは個室が三つっていう造りで、取りあえず皆で中に入って様子を見てみようと」


入り口の板をまたいで中に入ると、ライトで中を照らして様子を伺う。

すると——。

「誰かが用を足している気配がして……」

男子トイレの個室から、唸るような声とともに、排泄《はいせつ》の音がする。

よもや誰かが使用中とは思わずにいた彼らは、別な意味で驚いた。

「だって、ぶっ壊れて使用禁止の看板がぶら下がってるトイレで、夜中の一時にクソしてる人間が居るなんて思わないじゃないすか」

軽く悲鳴を上げた女の子たちを制して、無言で外に出ようと指さす。

全員が動揺していたせいもあり、入って来た時のようにはスムーズに外に出られず、モタついていると、個室のドアが開く音がした。

「うわ、出て来たって思って」

小さな小屋のようなトイレである。すぐに鉢合わせになってしまう。

女の子たちは外に出ていたが、男性陣は三人とも、まだトイレの中から出られずにいた。

「もうそうなると動けないっすよ。俺はライト持ってたんで、突っ立ったまま……」

何と言ってその場を凌《しの》ごうか混乱する頭を落ち着かせるために深呼吸。

ライトはトイレの床を照らしている。

間もなく個室から出てきた人物の足が照らされるだろう。照らし出される床。

しかし現れたのは足ではなく――。

「顔でした」

「おおおッ」

誰ともなく叫ぶと入口の板を蹴破るように外に飛び出し、走った。

男たちの様子に驚いた女の子二人も悲鳴を上げながらついてくる。

車に乗り込み、すぐさまエンジンをかけアクセルを踏んだ。

「坊主頭のオッサンが、床に片耳を付けるように顔を出して、こっちを見てました。本来なら足元が見える位置にいきなり顔で、しかも笑ってましたからね、無理っすわ」


河川敷を離れ、走行する車の中でさっき見たものについて興奮気味に語り合う。

あれは人だったのか、それとも——。

その時、男友達の一人が言った。

「何か臭くね?」

他の四人も、うすうす気づいていたようで彼に同意の言葉を返す。

「誰かが逃げてくる途中で犬のクソでも踏んだのかと思って」

すぐさまコンビニの駐車場に車を停めると、T君は全員に下車を命じた。

「靴の裏を確かめてもらおうと」

それぞれが、足の裏を確認する。

再び、悲鳴。

「〝誰か〟とかじゃなく、全員でした、全員の靴の裏に……」

悪臭を放つ赤黒い泥のようなものが付着していた。

「クソであることは間違いなかったと思うんですが、絵の具を絞り出したような赤いものも交じっていたので、何なんだろうって」

――血便？

女の子の一人がそう言うと、全員が自らの靴をコンビニのごみ箱に放り込んだ。

T君は便にまみれた車のフロアマットを取り外し、見つからないようにコンビニの裏に放置したという。

「幽霊かどうかはわかりませんが、実際に俺が経験した異様な出来事です。あのオッサンの顔も、靴についてたクソの臭いもまだ忘れられないっすよ」

箱入り娘とあばた面

Hさんの実家は、彼女が十九歳の頃に改築された。

もともと古い日本家屋で、母屋の他に蔵と納屋まであるお屋敷だったそうだ。

「お祖父《じい》ちゃんの代で農業は止めちゃったから、所有していた近隣の農地や山なんかを父が処分したんです。そのお金で母屋をリフォームして、納屋とか蔵とかは取り壊しました」

取り壊した納屋や蔵からは、古い農機具や何時《いつ》の時代のものか分からない衣類、何故か大量の布団などが出てきて面白かったという。

「まるで宝物みたいに立派な箱にしまってあったので、父なんかは『お宝かも知れない』って随分興奮していたみたいです。開けてみたらボロボロの布団だったものですからガッカリしちゃって」

その他に、どうやら地元の郷土芸能にまつわるらしい様々な装飾品や衣装、お面などが発見され、史料価値が認められた一部のものは自治体に寄贈された。

「立派なものではなかったですよ、ホント今の基準からしてみれば史料価値以外の何物でもないようなものばっかりで」

それらの中に、気になるお面が一つ。

「これも布団と同じく、立派な箱に入っていたんです。他のお面は衣装や何かと一緒にごちゃごちゃに保管されていたんですが、そのお面だけは単独で丁度いいサイズの木箱に入っていて」

恐らくは女性を模《かたど》ったと思われる表情、能に使われる小面《こおもて》に似ていたそうだ。

「口が半開きで、ちょっと顎が張っている感じのお面なんです。でもこれが……」

どう見ても気持ちが悪い。

「顔の塗装っていうんですかね？　その部分が剥《は》がれてきていてボロボロなんですけど、この剥がれ方が絶妙で……」

まるで、顔全体が〝あばた〟にまみれているようだった。

「虫食いとかではなくって、多分自然にそうなったんだと思うんですが……」

父親はその面を〝何か由緒あるものかもしれない〟と判断し、寄贈せずに家に残した。

「私は嫌でしたよ、気持ち悪かったですから」

蔵から持ち出されたそれは、父親の判断で母屋の神棚の奥に保管されることとなった。

それからだという。

「どうしてか私の顔にニキビがすごく増えてきちゃって」

中学生だった頃も高校生だった頃も、ニキビとは無縁だったHさんは酷く落ち込んだ。

「化粧品のせいかなと思って、色々試したりもしたんですがダメで……結局病院に行って抗生物質を処方されて飲んでいたんですがこれも殆ど効かないんですよね」

日に日に増えてくるニキビ。

治ったかと思えばまた次、治ったかと思えばまた次……。

「恥ずかしい話なんですが、半分引きこもりみたいになっちゃったんです」

ニキビが気になって人付き合いを避けるようになったHさんは、当時通っていた短大を休学し、家にこもってしまった。

「これ、自慢ではないんですけど……私、自分は顔だけが取り柄だって思っていたもので……」

現在のHさんもとても美しい顔立ちをしている。

これだけの美貌を誇ればニキビの一つや二つでさえ、確かに目立つ。

それが無数に生じていたとなれば尚更である。

「どうしたって治らないし、増えることはあっても減ることは無いっていう状況で、色んな薬を試して……飲んだり塗ったりホントに色々……それでもダメでした」

彼女の顔面は、常時腫れぼったく熱を持ち、触るだけで痛みが出るまでになった。

最初に、父親が言い出した。

「もしかすると、あの面じゃないのか?」

自身が蔵から持ち出して、神棚にしまっている例のお面。

あの面を母屋に入れてからHさんのニキビが始まったのだ、と。

「その時点では私は気付いてなかったし、関連付けて考えたこともなかったんです。でも父がそう言ったのを聞いて、そうかもって思ってしまったんですよね」

化粧品を変えても、薬を何種類も試しても、何をやっても改善しない自身のニキビ。

どうであれこれが治るのであれば、どんな可能性にも縋《すが》りたい思いがあった。

「何かのせいにしちゃうってのは怖いなって思います。父のその話を聞いてから、それまで気持ち悪いって思うだけだったお面が、だんだんと憎らしくなってきて」

Hさんは、お面を手放すよう父親に対し執拗に迫った。

しかし、父親の考えは違ったようで、ある日お面を持って家を出ると「修理を頼んできた」と言う。

「お面の状態が悪かったのが祟ったんだと父は思ったようです」

一月《ひとつき》程してから、新品と見紛《みまご》う程に美しく修復された面が家に届いた。

父親はそれを見ると、満面の笑みを浮かべて今度は居間にそれを飾った。

「状態の悪いお面を隠すように保管してしまったから、私がそれに習ってしまったのではないかと考えたそうです」

つまり、お面を修復し、人目に付くところに出しておけば、Hさんのニキビも治り、また外に出歩くようになるだろうという、そういう思考だったようだ。

当然、そのように都合よく事は運ばない。

「かえって悪くなったんです。私が気にして何度も触っていたのも悪かったんだと思うんですが、これまでは赤く腫れもののように出ていたニキビが化膿し出して……」

ニキビの頭の部分に、小さく白い膿《うみ》が浮く。

「見た目は、更に悪くなりました。不潔な感じになっちゃって……」

何度も手で触ってしまったのには理由があった。

「お面です。あの綺麗に修復された顔を見ていると、どうしても自分の顔が気になってしまって…… それで気が付くとニキビを触ってしまっていました」

美しく塗りなおされた面の、すべらかな顔。

それと比較して自分の顔は……。

「そんな調子だったので、それこそどんどんお面が憎くなって」

口を半分開け、誘うような表情がHさんを余計に刺激した。

「これ、壊しちゃおうって」


決意を固めた夜、家族が寝静まってからHさんは居間に向かった。

大事そうに飾られているお面を手に取り玄関を出る。

庭石の上で夜空を見上げたそれを前に、金槌《かなづち》を握りしめた。

振りかぶり、打つ。

——きゅううううううう

面が泣いた。

「木製のお面ですから、金槌で叩かれて軋《きし》んだ音なんだと思います」

再び、打つ。

――きゅううううううううう
打つ。

――きゅうううううううううう
打つ。

――きゅうううううううううう
金槌が直撃した表面はそれなりに凹《へこ》むものの、面は一向に割れない。

思った以上に丈夫だったことがHさんを焦らせた。

「私の力だと壊せないかもしれないと……」

金槌を放って母屋に戻ると、父親のライター用のオイルと、仏壇に置いてあったマッチを持って庭に戻る。

「燃やしました」

面は、燃え盛る炎の中で『きゅううううううううう』と叫ぶと、パンっと弾けて真っ二つに割れた。

Hさんは焼け残った黒焦げの面を金槌で何度も殴打し跡形も無くすると、更に水をかけて地面に流した。

「本当に、何もなくなりました」

翌日、泣き腫らしているHさんを見た父親は、黙って頷くのみで何も語らなかった。


しかしそれからも、彼女はニキビに悩まされ続ける。

「そんなに都合よく解決するわけがないんですよね、父が父なら娘も娘というか、考え方が似ているんだなって笑っちゃいますけど」


状況が改善したのは、彼女に恋人ができてから。

「家に引きこもっていた私を心配して、高校の同級生たちが遊びに誘ってくれたんです。その場で、今の夫に告白されて」

旧家の箱入り娘として育てられ、美貌を誇った彼女。

その完璧なまでの魅力が逆に災いしたのか、それまで異性との付き合いは無かったそうだ。

〝高嶺の花すぎて考えたこともなかったけれど、貴女がそこまで自分自身を卑下するのなら、いっそのこと俺と付き合ってみないか〟

そう言われ、つい同意の返事を返してしまったと彼女は言う。

「投げやりな心理状態もあったんだと思います。ただその反面、このままだといずれどうしようもなくなるっていう思いもあって、何とかして変わらなくちゃって。きっかけが欲しかったんでしょうね」

投げやりで付き合いだしたHさんとは裏腹に、現旦那さんは誠実かつ優しさに溢れた好青年。弱音を吐く彼女に対して常に肯定的な姿勢で向き合い続けた。

「ずっと電話でやり取りしていて」

〝顔は今のままでも俺にはもったいないぐらい、むしろ元通りになったらフラれるんじゃないかと思うと辛い〟

というセリフを聞いて、彼女は久しぶりに大笑いした。

それから徐々に、彼と共に外を出歩くようになり、気付けばニキビは治まってきていた。

「ちょうどその頃、例のお面の夢を見たんです」

夢の中での面は、彼女が金槌で何度も殴りつけたせいか、ボロボロの顔を向けたまま睨み付けるように浮いている。

気が付けば、彼女自身の顔に貼り付いていて取れない。

何度も同じ夢を見たという。

「ああ、やっぱり顔には痕が残っちゃうんだなって、何故かそんな風に思っていました」

それから十年経った現在、彼女の顔には無数のあばたが残っているという。

しかし、はた目にそんなことは分からない程、彼女は美しい容貌をしている。

「お面も塗り直されて綺麗になったでしょ？　だから私も毎日丁寧に塗ってるの、自分の顔」

それでも時々、掻き毟《むし》りたい衝動に駆られることがあると語った。

自殺意志

S君は、大学卒業後に就職先が見つからずニートになった。

「ちょうど二〇〇二年卒でね、あと三、四年ずれてたらもっと違ったんだろうけどさ」

打ちのめされた彼は帰郷を決意し、都市部のアパートを引き払うと田舎に戻った。

「実家であれば家賃もかからないし、地元の企業だったら何とかなるんじゃないかと思っていたんだけど、甘かった」

都市部ですら就職口が無いのに、田舎でそれを探すのは更に無理があった。

「コンビニバイトの求人倍率が二十倍だって、そんな時代だもの」

アルバイトの面接にすら通らず、日がな一日寝て暮らす。

半年も過ぎた頃には、心身ともに腐ってきていることを自覚した。

「寝ても寝ても眠いんだ、身も心も現実逃避モード」

就職の面接どころかアルバイトの面接にも行く気がしない。

「このままじゃダメだってのは分かってても、そもそも求人が無いんだよ。第二新卒なんて言葉がチラホラ聞こえてきていた頃だったけど、近隣の会社ならまだしも遠くの企業にまで就職試験を受けに行く金が無い」

学費の大半と生活費までまかなってくれていた両親に、それ以上負担をかけるのは忍びなかった。

どうにもならない現実の壁が立ちはだかり、身動きが取れない。

そんな生活が二年続いた。

「何もしないでの二年間ってのは、一人の人間を完全にぶっ壊すのに十分な時間なんだよな」

一日の大半を寝て暮らし、義務感に駆られ求人サイトを見ては落ち込む毎日。

既に、彼がエントリーできるような仕事は一つもなかった。

「自然と、自殺でもしようかなって気持ちになってきていた」

深夜、両親が使用している車を運転して死に場所を探すことが唯一の慰めだったそうだ。

「ホントにダメだと思った時には、深く考えずに死のうって思ってた。このまま行けば後一年以内にそうなるだろうなって」

飛び込み、入水、首つり、練炭。

それぞれに最適な場所を捜し、記憶する。

どんな死に方を選ぶかは、その時に決めようと思っていたという。

「綺麗な死に方がいいなっていうのは思っていたんだけれど、最後ぐらい派手に電車にでも突っ込むかっていう思いもあって……ホント最後ぐらいは好きにやってもいいんじゃないかなって」

探してみれば、死ぬのに適した場所はいくらでもあった。

死に方を選ぶのに迷う程に……。

「日本で自殺が多いってのは環境的な要因もあるんだと思うよ。色んな精神状況に対応できるだけの自殺スポットがそこら辺にあるんだもの」

静かに死にたければ郊外の倉庫や林道。

見せつけるように死にたければ踏切や高さのある建物。

発見して欲しくなければ山や海。

数え上げればキリがない。

当時、彼は死に場所の候補として次を決めていたそうだ。

一つは市の郊外にある林道。

「練炭自殺がブームだった頃なので、もしそれをするんだったらここだなって」

もう一つは市内にある踏切。

「人通りが多い所で誰かしらいるだろうから、派手に行くんだったらそこがいいなと」

そして最後の一つは自室であった。

「親はビックリするだろうけど、いつでも思い立ったら首をつれるってのはやっぱり魅力なんだよね」

まるで見回りでもするように、深夜になると林道や踏切に立ち、自分を殺すシミュレートをした。

何を用意し、どのように死んで、そしてどう発見されるか。

〝その時〟が来た場合に迷うことがないよう、入念に頭に叩き込む。

しかし、競争社会である現代、就職口もさることながら自殺場所においてもそれは例外ではなかった。

「最初は例の林道でね、新聞に載っているのを見てガッカリした」

車に目張りをしての練炭自殺。

「それから一か月ぐらいして、例の踏切で」

通学途中の学生の前での飛び込み。

自分が目を付けていた場所で立て続けに二件。

「確かに、死ぬのにはいい場所だったんだ、俺以外でもそう思っていたんだなって」


「そんで最後は」

自分の部屋で、父親が首をつっていた。

「幸い、ぶら下がってからそんなに時間が経っていなかったから、今も生きてるけど」

自殺を考えるような父親ではなかった。

明るく、朗らかで息子に対してプレッシャーをかけてくることも無い。

〝たまには寄り道もいいもんだ〟父親は、S君をそう励ましていた。

そして後日、死ぬつもりなど無かったと弁明したそうだ。

「俺の様子を見ようと部屋を覗いたら、何でなのか首を吊ってたって」

部屋にあったS君の皮ベルトを首に巻き、座るようにしての首つり。

「それってさ、俺が考えていた部屋での死に方と同じだったんだよな…… そもそも自殺を考えたことも無いような人間が、発作的に思いつく死に方じゃないんだよ」

S君は言う。

「俺の思いみたいなものが親父に伝染したのかなって、でもさ――」

更に彼は続けた。

「もしそうなんだとしたら、そもそも俺が自殺を考えていたのだって、俺の自由意志とは限らないってことになるんだよね」

彼が死のうとしていた場所で、同時期に二人死んでいる。

「そう思い出すとさ、死ぬのが怖くなっちゃって」

自殺未遂の後遺症で体が不自由になった父親の面倒をみるため、介護の講座に通ったS君は、それがきっかけで現在は介護士として働いている。

マノアナ　一

昨年十一月末のこと。

私は年末に刊行予定の百物語企画に合わせて原稿に取り掛かっていた。

前作『呪の穴』を校了してから間もなくだったこともあり、疲れがピークに達していた時期で、眠気覚ましにとインターネットを介した無料通話アプリにて友人と喋りながらの作業だった。

あるお墓に関する話に手をかけていた時、急に顔面に強い衝撃を覚えた。

――バチンッ！

「ンんッ」

まるで、何者かに素早く殴られたような感覚。

同時に口の中に広がる痛み。

私の周囲には誰もいない。

通話者である友人が異変に気づき「どうした？」と訊ねてくる。

あまりのことにすぐには返答ができず、口元を押さえたまま手鏡をのぞき込む。

きつく結んだままの上唇と下唇の間が赤くなっている。

——ええ？

ちり紙を当てながら口を開くと右の前歯が一本後ろに押し込まれたように変形していた。

——折れてる？

驚き、狼狽し、喋りづらいままに通話先の友人に向かって今起こったことをまくし立てるように語っていると——。

「ブフッ」

前歯が、喋りの勢いに負けて口から飛び出た。

目の前に転がっている、半分に欠けた私の前歯。

友人には後日連絡する旨を伝え通話アプリを終了させると、間髪おかずに大学の先輩でもある、怪談作家の黒木あるじ氏に電話を入れる。

もう十二時を回っていた頃だったが、迷惑を顧《かえり》みる精神状態ではなかった。

「遅くにすみません、小田です」

「おお、どうした?」

いつもと変わらぬ朗らかな口調を聞いて、軽く泣き出しそうになりつつも、今さっきあった出来事を告げた。

「あははははははは」

電話口からは爆笑と言っていいレベルの笑い声と、咳き込むような音が聞こえる。

閉口している私に、黒木氏は言った。

「いやァ、丁度良かったよ、その話書かせてもらっても良いかい?」

それ自体は構わないと伝え、次いで「怖いんですけど……」と本音を漏らした。

「怖い? 美味しい展開じゃないか」

流石に怪談がらみで自分の家が燃えたことまである人は言うことが違うなと思いつつも、私は更に心情を吐露《とろ》した。

「『奇の穴』の時も色々ありましたし……因業なことをやっているという思いがこういう形を招いているんじゃないでしょうか?」

デビュー作『奇の穴』を執筆中、私は家族を三人、親族を一人亡くしている。

そもそも、執筆依頼が来たのが弟の火葬の日だった。

それ以外にも母親の網膜が突然破けたり、便所の電球が爆発したりということが相次いだ。

怪談本を単著で出せるという喜びとそれら不幸が相まって、精神的に妙なテンションになったものだった。

その時も、こうやって彼に相談をした。

「だから考えすぎだよ、あの時も言ったじゃないか『穴に飲まれるなよ』って」

様々な人と出会い、それぞれが体験した怪異を収集していくと、日常の感覚がおかしくなる。自分自身がこれまで生きて学習してきた〝常識〟や〝枠組み〟といったものが酷く偏《かたよ》ったものなのではないかという懸念を覚え始める。

そこで自分自身の心の在り方を見失うと——。

黒木氏の言う『穴』の意味は自分なりに理解しているつもりだ。

しかし、それはあくまで心の仕事であって、今回のようにダイレクトに肉体へダメージが出るようになると話が変わって来る。

「でも歯が弾けたんですよ？　有り得ない」

「君だってもう三十を過ぎたんだから、そういう体の不調は出るさ」

「それはそうかも知れませんが……」

「心配しても仕方ないだろう、偶然に因果を絡めて思考するのは怪談を執筆する時だけにしたまえよ」

　彼はそう言うと、また一しきり笑った。


次の日、欠けた前歯を持って歯科医院へ向かう。

　顔見知りの歯科医師が「どうした？」と訊ねてくるので、仕方なくありのままを語る。

「昨晩、パソコンに向かって文章を打っていたところ、急に顔面に衝撃が走り、前歯が折れました、それがこれです」

　折れた前歯を手に乗せて歯科医に見せると「俺ァ四十年も歯医者やってるけど、そんな話、聞いたこともねえな」と顔を曇らせた。

マノアナ　二

怪談を執筆するにあたり、何人かの心強い協力者がいる。

彼らは自らが不可思議なことを体験するのはもちろんのこと、自分以外の体験者との仲介を買って出てくれたり、時に執筆時の相談相手にもなってくれる有り難い存在だ。

現在は二人、以前はもう一人居て三人だった。

そのうちの一人、Sさんと電話で話していたのは十二月の暮のこと。

『呪の穴』をお読み下さった方であれば、その中の一編『すり替わった一族』にて話者として登場しているのが彼女である。

その時の話題は〝お蔵入りになった怪談話をどうするか〟ということであった。

彼女の要望もあり詳細は伏すが、様々な要因から発表することを差し控えざるを得ない話があり、その内容と関連する出来事を並べ検討を行っていた。

「了解した、じゃあやっぱりこの話は無しにしよう」

「そうしてくれると助かる、もう怖くって……」

会話が一段落してから、今年も色々あったねえなどと話をしていると、受話器の向こうからリンリンと鈴が鳴るような音が聞こえる。

「小田君、何か後ろで音楽でも流してる？」

「いや、流してない。鈴の音だよね？　そっちかと思ってたけど……」

お互いの部屋には、鈴のような鳴り物はない。

リーンリンリンリン
鳴り続ける鈴の音。

不思議には思ったが、電波とか電話機そのものの不具合でこういう音がしているんだろうと二人で話した。それぐらいハッキリと聞こえたのだった。


「それでさ、次の本が四月の末に出るんだけど、何かないかな新しい話」

次作は『奇の穴』『呪の穴』に続き『魔の穴』というタイトルを考えていた。

一応、その時点で既に収録する話のリストは殆ど出来上がっており、執筆も進んでいたが、その中の三話分程は〝ただ見た〟系の話であり、文章化するにあたって困ってしまうようなものであったため、この時期はそれに代わる話を探していたのだ。

「ちょっと色々当たってみるよ、もしいいのがあったら知らせるから」

彼女に宜しく頼むと、通話を終えた。

もう一人の協力者であるK君には既に連絡を入れており「最近は何もないっすね」という返事を貰ったばかり。

そうそう都合よく面白そうな話があるわけもなく、何時ものように飲み屋にでも出かけて場当たり的な取材を試みようかと考えていた矢先、ふと思い立った。

もう一人、以前に袂《たもと》を分けたTという男に連絡を入れてみよう。

春先に連絡を絶って以来、見かけることすらなくなっていたが、年末ということもあって年納めの挨拶でもしてやろう、そう考えた。

彼とは、もともと郷土史好きが高じて知り合った仲であった。

地元の伝説や民話などを趣味的に漁っているうちに、いつの間にか怪談話すらもその範疇に入っており、二人で心霊スポットを巡ってみたりということを繰り返していた。

しかし『奇の穴』の出版が決まってから、少しずつ関係が悪くなり、本来はそこに収録する予定だった、彼由来の十数話を「忘れてくれ」と引っ込められたのが原因で、お互いに連絡を取ることすらなくなっていた。

当時は、私も彼も頭に血が昇っていたのだ、そろそろ気持ちも落ち着いて以前のような関係を取り戻すことができるかもしれない。

「もしもし？　俺だけど」そう告げると「ああ」という返事が返ってきた。

当たり障りのない会話を繰り返し、お互いがそれぞれの出方を探っているような態度を続けているうちに、春先の気まずい空気が呼び起こされて来る。

「読んだよ、二冊とも」

「ああ…… ありがとう」

「今はさ、こういうのが怪談って呼ばれてるの？」

嫌な問いである。

「ああ、う～ん」

「まあいいけどさ、やってる自分に何も残らないようなことなら止めた方がいい」

「そんなことはないよ」

「この二冊は書けたとして、次は書けるの？」

「一応、ネタのストックはまだあるよ」

「そう……」

彼は〝単に怖い〟や〝単に面白い〟という怪談に否定的だった。

真に価値ある怪談であるためには、現象と背後関係を綿密に取材し、それを他所の類似例と比較した上で、その土地特有の生活的価値感の在り方を提示できなければならないというのが持論。

つまり必然、怪談とはルポルタージュでなければならないと考えているのだ。

不思議で怖くて不気味で、それ故に、凝り固まった日常を一瞬でも忘れられるような読後感をもつ〝読み物〟として怪談を捉えている私とは、その点で決定的に反目した。

もっと混沌とした、ゴミ捨て場のような包容力こそが現代の怪談の魅力であるのだから、そういう風に書いていくと主張する私に、彼は「じゃあ忘れてくれ」と自身のネタを引いたのである。

「ああ、それとさ」

「なに？」

「タイトル、これダメだよ」

またもや、頭に血が昇りそうになった。

『奇の穴』も『呪の穴』も、私が編集のN女史と考え出したタイトルだ、自分でもとても気に入っている。

軽く深呼吸してから、言う。

「どういう意味？」

「ああ、そういう意味じゃなくてさ……良いタイトルだとは思うよ、どういう内容なのかいまいちハッキリさせずに、読者を煙に巻こうというのは、いかにも小田っぽい」

褒められているのか貶《けな》されているのか微妙なことを述べ、Tは続けた。

「でもそういう意味じゃない、この『穴』っていうのがダメだな、何で穴にしたの？」

「いや、怪談本のタイトルとして『○○の穴』っていうのは悪くないなって……」

「ああ、そういう……俺が言いたいのはそういう意味じゃないんだよ、じゃあお前、穴っていうものをどう捉えてるの？」

「落っこちるとか、吸い込まれるとか？……」

「穴っていうのは〝ゲート〟だよ、門なんだ『入口』じゃなくて『出入り口』」

「ああ……？」

「だから、ここに並べた話を穴にしまうつもりでいるんだったら、大きな間違いってこと。穴に落としたら、その分何かが出てくるっていうことも考えなくちゃだめだ」

ああ、そう言えばコイツも〝視える奴〟だったなと思い出す。

そういう意味でのアドバイスなのだろうか？

「お前さ、何か色々困ってないか？　さっきから——」

リンリン
また、鈴の音が聞こえた。

「——さっきからお前と話していると、ドブの臭いがするよ」

リン
鈴が、鳴っている。

Tには聞こえないようだ。

私は、随分なことを言われているなと思いつつ、鈴の音に気を取られたせいで、反論の気勢を失っていた。

自分でもあんまりな物言いだったと自覚したのか、Tはその後、口を噤《つぐ》んだ。

「じゃあ、また電話するから、何かの時はまた力を貸してくれ」

「ああ、ギュ※☆⁂✧✲✢ぢゅ」

何か言っているTの声が、激しく乱れる。

最後まで聞かずに私は電話を切った。

怪談話を無心するつもりであったが、それも止めた。

マノアナ 三

年が明けて正月三が日が過ぎ、普段通りの生活時間が戻って来る。

私は、昨年の暮れより治療を継続していた前歯の件で、歯科医院を訪れた。

すると、担当である例の歯科医が休診であるという張り紙。

「○○先生は?」と受付の女性に問うと「暫くは診療をお休みさせて頂きます」とのこと。

復帰の時期も未定であるという。

訝《いぶか》しんでいると、待合で年配の患者がヒソヒソと話している。

聞き耳を立てているうちに、どうやら彼は年明けに自宅で倒れ、現在意識不明の状態であるらしいことがわかった。

お世話になっていたし、心配ではあったがどうしようもない。

医師と患者という関係である、見舞いに行くような間柄でもないのだ。

黒木氏に新年の挨拶をすべく電話を掛ける。

今年も宜しくお願いしますと述べ、近況を語り合っているうちに、笑いながら彼が言った。

「いやさ、俺も歯が抜けちゃったよ」

前歯？

「いや、奥歯。この前なんの前触れもなくポロっと落っこちた」

痛みどころか、出血も無かったという。

「他の歯は全く大丈夫なんだけどさ、医者も不思議がっていたよ」

彼の弁では『怪談書きは歯に来る』というのは割と有名な話らしい。

執筆中に、突然ポロリと歯が落ちた話を、同業者からたびたび聞いているそうだ。

「しんどい話を書くときなんかは、無意識に歯を食いしばっていたりするから、そういうのの反動なのかもしれないいな」

後日、彼が私の所へ訪れた際に見せてもらうと、左上の奥歯があった部分にぽっかりと穴が開いていていた。

Sさんから連絡が来る。

面白そうな話を、五話分テキストに起こしてもらったものがメールで届いていた。

電話で礼を述べて世間話に興じていると、再び鈴の音。

「また聞こえて来たよ」

「そうだね」

電話という機械が、どういう仕組みでどのように動いているのか私は知らない。

知らないということは、そこで何か不測の事態が生じても一概に〝怪異だ〟と断ずることなどできないという意味だ。

鈴の音が聞こえるような仕組みが、電話に組み込まれていないとも限らないし、それを調べる術すら私は持っていないのだから。

「何なんだろうね?」彼女が言う。

「ちょっとこのまま、様子を見てみよう」と私。

二人でそのまま取り留めもない話を続けていると、鈴の音に混じって、太鼓を叩くような音が聞こえてくる。

「聞こえてる？」

「聞こえてるよ」

もちろん、私の部屋にも彼女の部屋にも鈴も太鼓もない。

リン　リン
トントントン
リズムは全く取れていない、それぞれが勝手に鳴っているという印象。

その後、まるでラヴェルのボレロのように音の種類が増えてくる。

鈴の音。

太鼓の音。

波のような音。

カッカッという音。

そして――。

「人の声だよね？」

「女の人かな？　フーンって聞こえた」

私には、男性の声で「まあああ」と聞こえたが黙っていた。

そのまま、会話を続ける。

波の騒めきのような音の中から聞こえる「あああ」という声らしき音。

どうやら彼女は気付いていないようだ。

私の耳元でのみ、この音は鳴っているのかも知れないなと、怪談書きらしいことを考えて自分の周囲を見回す。

何もない。

普通の部屋である。

〝タッタッタッタッ〟

家の屋根を、何かが走っていくような音。

カラスだろうか？

カラスは夜に走るのだろうか？

『奇の穴』の時に起こった一連の出来事の際、私は単なる傍観者であった。

自分以外の人間が、出来過ぎたタイミングで不幸に見舞われるのをただ見ていた。

しかし、今回はどうやら私自身に何らかの矛先《ほこさき》が向いているように思われてならない。

確かに身の回りの不幸を、わざわざ怪談に関連付けて解釈し、自分で自分の首を絞めることほど、愚かなことはないだろう。

しかし、あくまでそれは他人事であった場合なんだなと思い至る。

自分のこととなると、どうしても考えてしまう。

『穴』に嵌りかけている。

Tの言葉を思い出す。

『穴っていうのは〝ゲート〟だよ、門なんだ「入口」じゃなくて「出入り口」——何かが出てくるっていうことも考えなくちゃだめだ。

そういうものなのだろうか？

怪談本のタイトルが、執筆者の日常に何らかの影響を及ぼすことなど考えられない。もっと陰惨なタイトルを掲げている怪談書きは他にも沢山いる。

しかしあるいは、彼らも——？

黒木氏は『穴に飲まれるなよ』と言った。

しかし、そんな観念的な言葉を繰り出すということは、彼もまた『穴』に嵌りそうになった経験があるのだということの示唆でもある。

恐らく、火事の件だけではない。

そもそも、自分の歯がポロっと抜け落ちたことを笑いながら報告してくる方が異常だ。

もしかすると、経験的に〝諦めどころ〟を知っているのではないか？

因業な稼業だからそれは甘んじて受けようと、そう思っているのではないか。

しかし、あるいはこの思考そのものが『穴』に嵌っているということだろうか……。

ではそうするとTの言う『穴から出てくるものを考えろ』というのは？

何が入って、何が出てくるというのか？。

『奇の穴』が四四話『呪の穴』が三三話で、足すと七七話。

それに今回予定していた『魔の穴』二二話を入れて九九話。

最後のあとがきで一話分を足しての計百話。

三冊でちょうど百物語として成立させようという算段であったが、どうだろうか……いくら煩悶しても状況は進む、締め切りは近づいている。

この期に及んで『書かない』という選択肢はもはや有り得ない。

しかし場合によっては——。

『死んだりするのか?』そう心で呟いて、煙草に火を点ける。

『はい』

左の耳から、そう聞こえた。

空耳であったと思う。

後日、編集者のN女史にメールを送り『魔の穴』というタイトルを見送りたいという旨を伝えた。

夏の出来事

「何と言ったらいいのか…… 急に自分の性格が変わるっていう、そういう話なんですよ」

H君が小学校五年生だった、夏の出来事。


前日に終業式を終え、今日からいよいよ夏休みという朝。

目覚めと同時に彼は泣いた。

「もう、何かで胸が一杯なんです。今となっては〝感極まって〟なんていう表現が適切なのかも知れません。とにかくもう〝今、自分がここに居ること〟に感動しちゃってたというか……」

部屋に差し込む朝の光。

外から聞こえてくる生活音。

目や耳に入って来るそれらが、あまりにも美しく、神々しく感じられた。

「でも、流石にこれはおかしいぞっていう気持ちもありました。何で？　って」

布団の中でしゃくりあげ、気持ちを落ち着け涙を拭く。


部屋を出て階段を下りると、母親が台所で朝食を作っている。

「その光景が何とも言えず尊いもののように感じられて、見た瞬間にまた号泣ですよ」

泣きながら母親に縋《すが》り付く。

母親は困った様子で彼の頭を撫でると、怖い夢でも見たのかしらと問う。

「怖くって泣いてるんじゃなくて、今この瞬間の意味、この空間に僕が居て、母が居て、正に一日が始まろうとしているこの時の、何とも言えない儚《はかな》さに心を打たれたという具合でしたが、当時は言葉にはできませんでした」

母親に抱かれながら、またもひとしきり泣いた後で、朝食。

「本当に、申し訳なくって……こんな僕のために、こんな贅沢な食事が用意されているなんて、信じられない！　っていうテンションです。もう自分でも何が何だか」

父親は既に会社へ出勤していた。

妙な様子の息子を眺めていた母親が「あなた、何だか一晩でおじいちゃんみたいになっちゃったわね」と笑った。

「ああ、そうだなって。おじいちゃんになったら、世界はこういう風に見えるのかなって、そう思ったんです」


その夏は、一事が万事その調子だった。

家に遊びの誘いに来た友達を見て泣き、自由研究の統計グラフを作っていた際に泣き、登校日の「皆さん！　楽しく夏休みをすごしていますか？」という校長の挨拶を聞いて泣いた。

「最初はからかい半分だった周りの人間も、八月に入る頃には〝何かおかしくないか？〟って思い始めていたようでした」

当然、誰よりも母親が心配した。

「僕の状態を説明できる何がしかを得ようと色んな所に相談に行っていたみたいです」

最終的に、母親が得た結論は〝ストレスによる幼児退行〟というもの。

「助産師をやっている友達に相談したらそう言われたそうです。昔から子育ての悩みを聞いてもらっていたらしく、随分信頼していて。もっともこの話を聞いたのは、僕が大人になってこの話を蒸し返した時になんですけれど」

H君には自覚があったという。

「今の自分の状態が何だか不安定なものなんだなって、そういう理解はありました。人前で号泣するたびに、自分を見つめている〝別な自分〟が居て、状況を眺めている感じ」

現在、彼は精神保健の分野で仕事をしている。

当時の自分を〝一種の解離性障害の表れだったのでしょう〟と評した。

「まあ、ちょっと特殊なケースだとは思いますけどね」

H君の母親は、自分が得た結論を父親に話した。

しかし気難しい仕事人間であったという父親は、母親の話を頭から否定したそうだ。

「子供が一時的にセンシティブになることは珍しくなく、放っておけばそのうち何ともなくなる。あたかも大事であるかのように扱えば、かえって状況が悪くなる」

H君の父親は、息子に対する手立てを模索していた母親を、厳しく諭した。

「じゃあどうするの！　Hがこのままだったら！」

怒鳴るような口調でそう言った母親に対し、父親は言った。

「お盆までだ」


「どういうこと？」

そう述べた私にH君が言う。

「残念ながら、今でも意味はわかりません。ただ、学童期におけるストレスコーピングの一種という理解には当てはまらない、妙なことはあったんです」


冷静を装ってはいても、どうやら父は父なりにH君のことを心配してはいたらしく、ある日の夕方『ホタルを見に行こう』と言い、親子三人でホタルの見える河原へ向かった。

「完全に仕事人間で、家に帰ってきても仕事、休日も仕事っていうタイプの父が、そんなことを言い出すなんて不思議でしたよ。ええ、やっぱり泣きました、嬉しくって」

河原に着くと、H君と父親は車を降り、ゆっくりと歩き出した。

母親は車内でその様子を眺めている。

周辺の草むらを照らすように、薄ぼんやりと光るホタルを見ながら、足並みを揃え進む。

「父と、色々喋った記憶はあるんですが、何を語らったのかは、あまり覚えていないんです。ただ――」

「お盆までにして下さい」

「わかった」

というやり取りがあったことだけは覚えていた。

「何のことやらって感じですよね。僕もそうです。父の言う何が〝お盆まで〟なのか、そして僕は一体何に〝わかった〟と言ったのか。自分で意味もわからないまま、口からでちゃったんですよ」

その後、父親と二人でホタルを眺めた。

H君は、川べりに座って、父親に何かをずっと喋りかけていたという。

その一言一言に、父親は頷いていたようだった。

「何を喋っていたんですかね。アレ、僕じゃなかったと思います」

やがて、お盆。

例年なら父母それぞれの実家に帰省し、数日間泊まって来るというイベントがあったが、その年はどこへも行かず、盆休みを親子水入らずで過ごした。

連休が終わり、明日からは仕事が始まるという日。

薄暗くなってから、H一家は庭で麻柄を燃やした。

「送り火ってやつです。うちは分家で、父親が一代目でしたから、仏壇にはご先祖様は入っていなかったんですよ。だからそれまで迎え火も送り火もやってなかったと思います。その年も、実際に迎え火は焚いていません、送り火だけ」

H君は、花火をするような感覚で燃える麻《お》がらを眺めていた。

煙が上空へ流れていく様を見上げていると、不意に口から言葉が出た。

「四十五、四十九、五十五」

「四十五四十九五十五」

「しじゅうごしじゅうくごじゅうご」

「シジュウゴシジュウクゴジュウゴ」

同じ言葉が繰り返し口から溢れてくる。
止まらないし、止められない。
夜空を見上げて、ブツブツと意味の分からない言葉をつぶやくH君。
――トントン。
肩が叩かれ、振り向くと、父親が両手を握った格好で微笑んでいる。
パッと手を開くと、父の両手からホタルが二匹、発光しながら飛び立った。
「わあっ！」
H君は感嘆の声を上げ、ホタルを追う。
二つの光はくっついたり離れたりしながら、夜の闇に消えていった。

「次の日から、自分がニュートラルな状態に戻ったなって、そういう感じがありました」
以後、変わったことは起こらず、彼は無事に成人した
「今になって、もう少し色々聞いておけばよかったなって、後悔してますよ。あの夏の出

来事は、きっと意味があることだったんだと思うんです。もう、訊けませんけどね……」

彼はまだ二十代だが、両親は既に亡くなっている。

父親は享年四十五歳。

母親は享年四十九歳。

あとがき

三度お目にかかる事となりました、小田イ輔です。

この度は拙著をお買い上げ頂きまして、誠にありがとうございます。

何の実績も持たない私のような者が、こうして三冊目の単著を上梓することができたのもひとえに読者の皆様のご声援あっての事であります。

重ねて御礼申し上げますとともに、今後ともよろしくお願いいたします。


さて、本文の中でも述べましたが、本書は執筆の途中まで『魔の穴』というタイトルで出版させて頂くつもりでおりました。

デビュー作である『奇の穴』続く二作目『呪の穴』そして三作目の『魔の穴』で丁度全百話、これにてシリーズ完結、三冊一気読みを致しますと百物語として楽しめますよ！という趣向で、少しでも売り上げに貢献えきればと考えておりました次第。

しかし、ご存知の通り、本書は全く別のタイトルで発売に至っております。

そこに至る経緯は、本文中で述べさせて頂きましたので割愛致しますが、果たしてこれ